H.P. Birkigt
Charlotten-
heim
Stein
Deutsch.Hof
Siegfried
Bahnhof
548
Pfaffen B.
Gerichtskretscham
Querseiffen
Bhf. Krummhübel
Waldhof
Schüler-
Internat
z.Riesengeb.
Kur-
Hotel
Post
Mai M.
Schweizerei
Zentr.Hof
Gold.
Friede
Kretsch
Krummhübel
Die Lehne
Eulengrund-
Baude
Rabenstein
Hot. Melzer-
grund
Kol. Wolfshau
West
der neue Bruch
Urbrunnen

VdN

Für meine Frau,
der ich für ihre liebevolle Mitarbeit danke.

Udo Wörffel

Theodor Fontane im Riesengebirge

Verlag der Nation

Umschlagbild: Schmiedeberg im 19. Jahrhundert. Lithographie von Ernst Wilhelm Knippel.

Die Deutsche Bibliothek – CIP-Einheitsaufnahme

Ein Titeldatensatz für diese Publikation ist bei Der Deutschen Bibliothek erhältlich

Satz: Fotosatz Husum GmbH
Druck und Verarbeitung: Husum Druck- und Verlagsgesellschaft
Postfach 1480, D-25804 Husum – www.verlagsgruppe.de

ISBN 3-373-00509-4

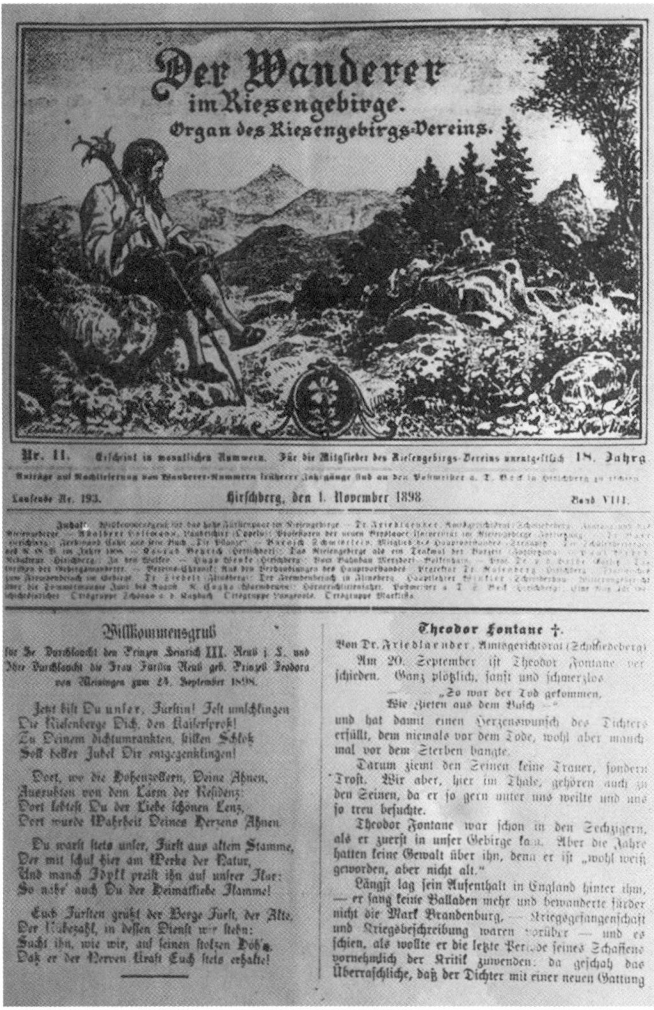

Der Wanderer im Riesengebirge.

Organ des Riesengebirgs-Vereins.

Nr. 11. Erscheint in monatlichen Nummern. Für die Mitglieder des Riesengebirgs-Vereins unentgeltlich. 18. Jahrg.

Laufende Nr. 193. Hirschberg, den 1. November 1898. Band VIII.

Willkommensgruß

für Se. Durchlaucht den Prinzen Heinrich XXX. Reuß j. L. und Ihre Durchlaucht die Frau Fürstin Reuß geb. Prinzeß Feodora von Meiningen zum 24. September 1898.

Jetzt bist Du unser, Fürstin! Fest umschlingen
Die Riesenberge Dich, den Kaiserspross!
Zu Deinem dichtumrankten, stillen Schloß
Soll heller Jubel Dir entgegenklingen!

Dort, wo die Hohenzollern, Deine Ahnen,
Ausruhten von dem Lärm der Residenz:
Dort lebtest Du der Liebe schönen Lenz,
Dort wurde Wahrheit Deines Herzens Ahnen.

Du warst stets unser, Fürst aus altem Stamme,
Der mit schuf hier am Werke der Natur,
Und manch Idyll preist ihn auf unsrer Flur:
So nähr' auch Du der Heimatliebe Flamme!

Euch Fürsten grüßt der Berge Fürst, der Alte,
Der Rübezahl, in dessen Dienst wir stehn:
Sucht ihn, wie wir, auf seinen stolzen Höh'n,
Daß er der Nerven Kraft Euch stets erhalte!

Theodor Fontane †.

Von Dr. Friedlaender, Amtsgerichtsrat (Schmiedeberg)

Am 20. September ist Theodor Fontane verschieden. Ganz plötzlich, sanft und schmerzlos

— „So war der Tod gekommen,
Wie Zieten aus dem Busch —“

und hat damit einen Herzenswunsch des Dichters erfüllt, dem niemals vor dem Tode, wohl aber manchmal vor dem Sterben bangte.

Darum ziemt den Seinen keine Trauer, sondern Trost. Wir aber, hier im Thale, gehören auch zu den Seinen, da er so gern unter uns weilte und uns so treu besuchte.

Theodor Fontane war schon in den Sechzigern, als er zuerst in unser Gebirge kam. Aber die Jahre hatten keine Gewalt über ihn, denn er ist „wohl weiß geworden, aber nicht alt.“

Längst lag sein Aufenthalt in England hinter ihm, — er sang keine Balladen mehr und bewanderte fürder nicht die Mark Brandenburg, — Kriegsgefangenschaft und Kriegsbeschreibung waren vorüber — und es schien, als wollte er die letzte Periode seines Schaffens vornehmlich der Kritik zuwenden; da geschah das Überraschliche, daß der Dichter mit einer neuen Gattung

Die Zeitschrift „Der Wanderer im Riesengebirge“ vom 1. November 1898 mit dem Fontane-Nachruf von Georg Friedlaender.

Theodor Fontane 1890.

Vorwort

Als ich den Namen „Fontane“ zum ersten Mal hörte, war ich noch sehr jung. Das geschah bei meiner Großmutter mütterlicherseits in Swinemünde, wo ich erfuhr, dass der Dichter einige Kindheitsjahre, für ihn die wichtigsten, dort verbracht hatte, weil sein Vater in der Stadt eine Apotheke besaß. Meine Eltern reisten häufig in den Sommerferien nach Krummhübel im Riesengebirge. Dort begegnete mir der Name „Fontane“ erneut. Man erzählte mir nicht nur, dass er oft als Urlaubsgast in Krummhübel war, sondern vor allem kam mir die Wilderer- und Mordgeschichte zu Ohren, die er als Vorlage für seinen Roman „Quitt“ benutzt hatte. Das war natürlich ein Thema für einen Jungen, den alles interessierte, was mit Forst und Jagd zusammenhing, und der obendrein mit den Söhnen des jetzt dort lebenden Försters befreundet war. So wurde nicht nur eine Tour zum Tatort von „Quitt“ unternommen, der hoch oben im Gebirge, im so genannten „Gehänge“, liegt. Auch andere Stätten, z. B. das Hotel „Goldener Frieden“ oder der Krummhübeler „Gerichtskretscham“, die wir dreißig bis vierzig Jahre nach Fontane aufsuchten, erhielten für mich eine andere Bedeutung. „Meine Kinderjahre“ und „Quitt“ waren dann die ersten Bücher von Fontane, die ich las.

Viele Jahrzehnte vergingen, bis das frühere Wissen um Fontanes Aufenthalte im Riesengebirge wieder lebendig wurde. Im Jahre 1994 gab der Aufbau-Verlag die Tagebücher Fontanes heraus, und zwar, soweit noch vorhanden, aufgrund der handschriftlichen Originale (1855 bis 1858 und 1868 bis 1882). Die Zeitspanne von Fontanes Aufenthalten im Riesengebirge (1868 bis 1892) ist also zum Teil durch die Originale abgedeckt. Die verbleibenden Jahre werden durch eine schon seit 1919 existierende gedruckte Ausgabe der Tagebücher erfasst.

In den Tagebüchern machte Fontane Angaben über den Urlaubsort, die Zeit des Urlaubs, über das Wetter, die Unterkunft und die Aktivitäten während der Ferien, ferner über seine Urlaubsbekanntschaften. Diese Informationen bilden gewissermaßen das Gerüst, das angefüllt wird durch Mitteilungen in Briefen, durch Urlaubserlebnisse und -erkenntnisse, die Eingang fanden in seine im Riesengebirge spielenden Werke, und schließlich durch Aussagen von Zeitzeugen. Hingewiesen sei hier darauf, dass Fontane ein eifriger Briefschreiber war. Er wusste, dass er ein „talent épistolaire" besaß, und pflegte den Brief als Literaturform. In vielen Fällen brachte er zunächst einen Entwurf zu Papier, an dem er feilte und veränderte. Während seines Lebens hat er Tausende von Briefen geschrieben und aus dem Urlaub Hunderte. Sie waren an Familienangehörige, Verwandte, Freunde und Bekannte gerichtet und stellen für die Urlaubsperioden eine wichtige Quelle dar. Es gibt also eine Vielzahl von schriftlichen Zeugnissen, mit deren Hilfe man die einzelnen Aufenthalte Fontanes im Riesengebirge, zehn an der Zahl, ziemlich genau nachvollziehen kann.

Für seine Zeit war Fontane ein weit gereister und bis ins hohe Lebensalter beweglicher Mann, ganz im Gegensatz zu anderen bedeutenden deutschsprachigen Dichtern seiner Epoche. Hier seien Theodor Storm, Wilhelm Raabe und Gottfried Keller genannt, die sich schon früh und auf Dauer in Husum (später Hademarschen), Braunschweig und Zürich niederließen. Im Alter von vierzig Jahren hatte Fontane bereits zwei England-Reisen und einen mehrjährigen Aufenthalt in London als Korrespondent hinter sich. Während dieser Zeit bereiste er auch Schottland. Im folgenden Lebensjahrzehnt suchte er die Schauplätze des Krieges 1864 um Schleswig-Holstein und des Preußisch-Österreichischen Krieges von 1866 auf, berichtete darüber und verfasste umfangreiche historische Werke. Während des Krieges von 1870/71 war er als Berichterstatter in Frankreich und geriet in französische Gefangenschaft. Auf privaten Reisen lernte er Belgien, Dänemark, Italien, Österreich, die Schweiz und weite Teile Deutschlands kennen.

In fortgeschrittenem Alter liebte es Fontane, Urlaub in landschaftlich schönen Gegenden Deutschlands zu machen.

Wegen seiner Tätigkeit als Theaterkritiker konnte er nur im Sommer verreisen. Die einzelnen Ferienaufenthalte, die nicht nur zur Erholung, sondern auch zu ungestörter literarischer Tätigkeit und zum Lesen genutzt wurden, dauerten von wenigen Wochen bis zu mehreren Monaten. In einigen Jahren gab es auch mehrere Urlaubsziele. Bevorzugte Feriengebiete waren der Harz, Thüringen, Dresden, die Nordseeküste, Mecklenburg und Rügen, vor allem aber das schlesische Riesengebirge. Was die Zahl der Aufenthalte anbetrifft, so können nur Thale und Wernigerode im Harz mit dem Riesengebirge in etwa gleichgesetzt werden. Gelegentlich erholte sich Fontane auch, unabhängig von seinen Wanderungen durch die Mark Brandenburg, am Stadtrand von Berlin. „Hanckels Ablage" am Fluss Dahme, der „wendischen Spree", und „Seebad Rüdersdorf" am Rüdersdorfer Kalksee waren seine Ziele. Im hohen Alter wechselte Fontane zum Urlaub in Bädern – Bad Kissingen und Karlsbad – aus gesundheitlichen Gründen und wegen des höheren Komforts.

Theodor Fontane war nicht nur der „Wanderer durch die Mark Brandenburg", als den wir ihn kennen. Weniger bekannt ist, dass seine Familie vielfache und enge Beziehungen zu Schlesien hatte. Schon ein Pierre Fontane, Urgroßvater des Dichters, lebte zeitweise in Schlesien, und zwar in Liegnitz und Schmiedeberg, gerade den Orten, die für Fontane und seine Familie eine besondere Bedeutung erlangen sollten. Glogau war der Wohnort des Onkels Charles Fontane mit seinen sieben Kindern.

Fontanes Schwiegermutter Therese geb. Rouanet hatte den Oberförster Triepcke geheiratet, der im Kreis Liegnitz tätig war. Im Jahr 1849 besuchte Fontane dort seine damalige Braut Emilie. Am Stadtrand von Liegnitz lebte auch Johanna Mattersdorf, eine enge Freundin Emilies. Sie war verheiratet mit dem Kommerzienrat Georg Treutler, der das Zuckerrübengut Neuhof bewirtschaftete. Emilie kam später häufig allein oder mit den Kindern auf dieses Gut zu Besuch. Den Kommerzienrat wählte Fontane wohl als Modell für den Onkel in seinem Altersroman „Die Poggenpuhls".

In dem ebenfalls nahe Liegnitz gelegenen Schlachtenort Wahlstatt wirkte der älteste Fontane-Sohn George zeitweise als Lehrer an der dortigen Kadettenanstalt.

Eine besonders enge Verbindung entstand für Fontane zu Schmiedeberg im Riesengebirge. Dort lebte und wirkte Dr. Georg Friedlaender, sein Freund und Briefpartner im Alter. Fontane hielt sich häufig in Schmiedeberg auf, und zweimal äußerte er den Wunsch, Berlin zu verlassen und in dem Riesengebirgsstädtchen sesshaft zu werden. Schließlich soll noch erwähnt werden, dass Elise, die jüngste Schwester des Dichters, 1875 den Kaufmann Weber im schlesischen Schweidnitz heiratete. Im Anschluss an seinen Urlaub im Riesengebirge während des Sommers 1872 hat Fontane weitere Orte in Schlesien kennen gelernt: die Landeshauptstadt Breslau, Bad Salzbrunn, Altwasser und Wahlstatt.

In den Jahren 1868, 1869 und 1872 machte Fontane die erste Bekanntschaft mit dem Riesengebirge. Nach einer längeren Pause verbrachte er zwischen 1884 und 1892 dort fast Jahr für Jahr seinen Urlaub. Während er in den beiden ersten Jahren allein reiste, waren später wenigstens zeitweise Familienangehörige – Ehefrau, Tochter oder Söhne – mit ihm in der Sommerfrische. Wenn er sich auch – entsprechend seiner Mentalität – häufig mit den Urlaubsbedingungen unzufrieden zeigte und Missstände kritisierte, so muss er doch für dieses schlesische Gebirge, in dem er sich insgesamt ein und ein halbes Jahr seines Lebens aufhielt, eine besondere Vorliebe gehabt haben.

Wenn man sich mit den Aufenthalten Theodor Fontanes im Riesengebirge beschäftigt, erhält man zwangsläufig Einblick in das Privatleben des Dichters. Das muss er sich als Persönlichkeit der damaligen Zeitgeschichte auch posthum gefallen lassen. Man gewinnt aber auch Erkenntnisse über seine Arbeitsweise, über die Entstehung, Ausarbeitung und Vollendung seiner literarischen Werke und über seine Interessen, besonders auf den Gebieten der Literatur und Geschichte. Schließlich wird das Riesengebirge der Zeitspanne vor 120 Jahren wieder lebendig, und man erfährt von den

Menschen, bedeutenden und unbedeutenden, denen Fontane dort begegnete.

Zur Textgestaltung

Die Zitate aus den Briefen Fontanes sind in der Schreibweise und mit der Interpunktion der handschriftlichen Originale wiedergegeben, sofern diese den veröffentlichten Briefen zugrunde liegen. Eine Reihe von Briefen sind in modernisierter Schreibweise erschienen.

Runde Klammern in den Briefen sind von Fontane verwendet worden, in eckigen Klammern stehen hinzugefügte Erläuterungen.

I. Das Riesengebirge zur Zeit Fontanes

1. Wissenswertes vom Riesengebirge

Vom Lausitzer Gebirge im Nordwesten bis zur Mährischen Pforte im Südosten erstreckt sich der Gebirgszug der Sudeten über eine Distanz von 300 km zunächst zu beiden Seiten der schlesisch-böhmischen Grenze. Im Südosten trennt er das früher preußische Schlesien von Österreichisch-Schlesien. Höchster Teil der Sudeten ist das Riesengebirge, das mit 60 % seiner Fläche in Böhmen und mit 40 % in Schlesien liegt. Nach den Schlesischen Kriegen, in denen Maria Theresia das „Juwel Schlesien“ in ihrer Krone zum größten Teil an Preußen verlor, verlief über den Hauptkamm des Gebirges

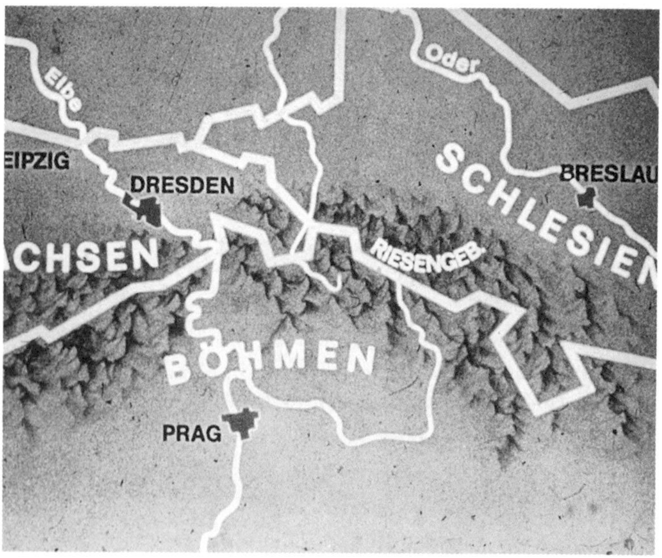

Lageskizze des Riesengebirges.

Das Riesengebirge (östlicher Teil) von der Straße Hirschberg – Petersdorf aus gesehen.

Der Ziegenrücken, ein Grat im böhmischen Riesengebirge.

Die Schneegruben, ein ehemaliges Gletscherkar mit Steilabfällen und schroffen Felsformationen.
Stahlstich von W. Witthöft, Dresden, nach einer Zeichnung von L. Richter.

die Grenze zwischen der Habsburger Monarchie und Preußen, dann ab 1871 zwischen Österreich-Ungarn und dem Deutschen Reich, nach 1918 zwischen der Tschechoslowakei und dem Deutschen Reich. Heute grenzt hier die Tschechische Republik an Polen. Das Riesengebirge umfasst bei einer Länge von rund 40 km und einer Breite (von Nord nach Süd) von 30 km eine Fläche von ca. 1000 km^2. Zum Vergleich: Der Harz überdeckt eine Fläche von rund 2000 km^2.

Unter den deutschen Mittelgebirgen nimmt das Riesengebirge eine Sonderstellung ein. Das hängt mit seiner geographischen Lage – relativ weit östlich und relativ weit nördlich –, seiner geologischen Entwicklung und der Höhe seiner Berge zusammen. Immerhin überragt ein Gipfel 1600 m, drei weitere 1500 m. Die Schneekoppe ist mit 1603 m ü. d. M. der höchste Berg des Gebirges. Sie war der höchste Berg in Deutschland nördlich der Donau und zugleich der höchste in Preußen.

Das Riesengebirge ist von den Städten Breslau, Dresden und Prag etwa gleich weit entfernt.

Geologisch ist das Riesengebirge ein sehr altes Gebirge, das schon im Erdaltertum zweimal aufgefaltet wurde, in der jungkaledonischen und in der variszischen Faltung, danach der Abtragung unterlag. Im Tertiär kam es erneut zur alpinen Faltung. Die heutigen Formen sind zu einem erheblichen Teil während der Eiszeit entstanden, in der das Gebirge eine Eigenvergletscherung aufwies. Die Spuren von 34 Gletschern sind nachweisbar. So sind auf beiden Seiten des Gebirges noch ehemalige Gletscherkare zu erkennen. Zusammen mit Graten und senkrechten Abfällen von 300 bis 400 m bewirken sie einen alpinen Charakter in den oberen Partien.

Andererseits erinnern Teile des Riesengebirges, so die sanft gewellten Kammhochflächen, die teilweise mit Hochmooren bedeckt sind und von runden Bergkuppen überragt werden, an skandinavische Fjell-Landschaften. Alpiner und nordischer Charakter kommen auch in der Vegetation des Gebirges zum Ausdruck. Die Baumgrenze liegt im

Knieholzbüsche auf dem böhmischen Kamm.

Riesengebirge schon bei 1200 m. Darüber folgen Krüppelkiefern, dort Knieholz genannt, bis etwa 1450 m und danach die reine Felsregion. Die Vielfalt in den Formen macht den besonderen Reiz dieses Berglandes aus, dessen Name übrigens nichts mit den Riesen der Sage zu tun hat. Wahrscheinlich kommt er von den Holzrinnen, den so genannten Riesen, in denen früher das geschlagene Holz zu Tal gefördert wurde.

Zwei Gebirgsbäche müssen in Zusammenhang mit den Aufenthalten Fontanes im Riesengebirge und seinen dort spielenden Werken genannt werden: die „Große“ und die „Kleine Lomnitz“. Die „Große Lomnitz“ erhält ihren Zufluss aus dem „Großen“ und dem „Kleinen Teich“, zwei Gebirgsseen, die sich in ehemaligen Gletscherkaren gebildet haben. Sie durchfließt Krummhübel und mündet hinter dem Dorf Lomnitz in den Bober. Die „Kleine Lomnitz“ entspringt auf dem Riesengebirgskamm in der Nähe der „Kleinen Koppe“. Sie stürzt in einem Fall in die „Melzergrube“, ebenfalls ein ehemaliges Gletscherkar, das am oberen Ende eines Gebirgstals, des „Melzergrundes“, liegt. Der Bach durchfließt den Melzergrund, dann die Ortschaft Wolfshau und anschließend Krummhübel. Sie vereinigt sich in Unter-Krummhübel mit der Großen Lomnitz.

Das Riesengebirge liegt in einer Übergangszone vom atlantischen zum kontinentalen Klima. Es ist daher niederschlagsreich, aber auch heiße, trockene Sommer sind möglich. Der Winter ist meist kalt und schneereich. Die Durchschnittstemperatur in den Hochlagen, z. B. auf der Schneekoppe, entspricht der von Island. Fontane hat während seiner Sommeraufenthalte kühle und verregnete, aber auch sehr heiße Sommer erlebt, ferner Inversionswetterlagen, bei denen ein nur geringer Luftaustausch besteht und es in den Tälern kälter als in den Höhenlagen ist. Das Gebirge ist sehr windexponiert, was besonders Fontanes Frau Emilie zu schaffen machte.

Eine Besonderheit des Riesengebirges muss noch erwähnt werden: die „Bauden“. Sie werden in den im Riesengebirge spielenden Werken Fontanes und in seinen Briefen häufig erwähnt. Sprachlich hat das Wort den gleichen Ursprung wie

Die Hampelbaude um 1840, damals noch eine Baude mit Weidewirtschaft.
Stahlstich von W. Witthöft nach einer Zeichnung von L. Richter.

„Bude". Ursprünglich handelte es sich bei ihnen um hoch gelegene Hütten, vergleichbar den Almhütten in den Alpen. Um die Bauden herum, die als Unterkunft und als Stall dienten, hielten die Bauern im Sommer das Vieh auf Hochweiden. Die Milch wurde entweder an Ort und Stelle zu Butter und Käse verarbeitet oder in Kannen mit speziellen Rückentragen ins Tal gebracht. Diese so genannte Baudenwirtschaft gab es besonders im 17. und 18. Jahrhundert. Dann setzte, zuerst zögernd, der Fremdenverkehr ein. Einzelne Wanderer übernachteten in den Bauden, wie z. B. der Dresdner romantische Maler Ludwig Richter. Dreißig Jahre vor Fontanes erstem Aufenthalt durchstreifte er das Riesengebirge und zeichnete an markanten Stellen. Seine Zeichnungen wurden als Stahlstiche zur Illustration in den Band „Riesengebirge" eines damals populären Reisewerkes übernommen.

Allmählich wandelten sich die Bauden immer mehr in Gebirgsgasthäuser um. Falls sie die Viehwirtschaft noch beibe-

Der Koppenträger.
Radierung von Erich Fuchs, um 1920.

hielten, waren sie im Winter geschlossen und hießen „Sommerbauden“. Die Namen der Bauden sind teils geographisch bedingt, z. B. Kleine-Teich-Baude oder Koppenbaude, oder sie erhielten den Namen des Besitzers, z. B. Hampelbaude oder Brotbaude. Während vieler Jahrzehnte musste der steigende Bedarf der als Gebirgsgasthäuser dienenden Bauden von den so genannten Koppenträgern bergwärts auf Rücken-

Koppenträger über dem Koppenplan beim Aufstieg zur Schneekoppe.

tragen befördert werden. Diese Träger trugen früher auch Touristen, die schlecht zu Fuß waren, in Sesseln auf die Berge. Typisch für viele Bauden war das aus Österreich stammende Zitherspiel zur Unterhaltung der Gäste. Fontane meinte mit den von ihm häufig angeführten Harfenisten sehr wahrscheinlich die Zitherspieler.

2. Reisen ins Riesengebirge zur Zeit Fontanes

In der zweiten Hälfte des 19. Jahrhunderts nahm die Zahl der Urlauber im Riesengebirge allmählich zu, bedingt durch den einsetzenden Eisenbahnverkehr und das dann schnell ausgebaute Schienennetz. Fontane konnte schon bei seinem ersten Aufenthalt in Erdmannsdorf mit der Bahn von Berlin nach Hirschberg reisen. Dabei gab es zwei Möglichkeiten, entweder die Fahrt ohne umzusteigen über Cottbus – Görlitz oder über Frankfurt/Oder mit Umsteigen am Bahnknotenpunkt Kohlfurt. Die Bahnreise von Berlin nach Hirschberg dauerte damals etwa acht Stunden. Etwas später wurde dann auch Schmiedeberg mit einer Strecke von Hirschberg aus an das Bahnnetz angebunden. Krummhübel folgte erst 1895, sodass Fontane nicht mehr in den Genuss dieser Entwicklung kam. Zuvor war Krummhübel mit der Kutsche von Schmiedeberg schneller zu erreichen als von Hirschberg.

Nach dem für Preußen siegreichen Krieg von 1870/71 und der Gründung des Deutschen Reiches „eskalierte" der Fremdenverkehr im Riesengebirge. Es kamen hauptsächlich Berliner, Sachsen und Schlesier, die dort Erholung suchten. Die neuen Luftkurorte waren ursprünglich arme Bergbauerndörfer gewesen, so auch Krummhübel. Früher gab es außer den Bauern noch die so genannten Holzknechte, die in den großen Wäldern Bäume fällten und das Holz ins Tal beförderten. Im Mittelalter wurde, wie auch an vielen anderen Orten des Riesengebirges, mit dem Bergbau begonnen. In der Nachbarschaft von Krummhübel baute man Silber-, Kupfer- und Eisenerze ab. Da für die Aufbereitung der Erze Holzkohle benötigt wurde, kam der Beruf des Köhlers hinzu. Wenn Wasserkraft verfügbar war, entstanden Eisenhämmer, in denen das Metall geschmiedet werden konnte. Ein derartiger Eisenhammer bestand u. a. im Krummhübeler Ortsteil Birkigt. Während des Dreißigjährigen Krieges hatten sich im Dorf die ersten Laboranten niedergelassen, die in den Bergen nach heilkräftigen Kräutern suchten und aus ihnen Arzneien zubereiteten.

Wolfshau gegen die Schneekoppe. Das rechte Bauernhaus (Martha) diente bis 1945 als Fremdenpension, danach abgebrannt; das linke Bauernhaus (erhalten) gehört zu einem landwirtschaftlichen Anwesen. Dahinter: links die Schneekoppe, rechts die Kleine Koppe.

Als der Fremdenverkehr einsetzte, wurden die Urlauber zunächst in einfachen Stuben der Bauernhäuser untergebracht. Sobald die Eingesessenen merkten, dass mit dem Vermieten an Urlauber mehr Geld zu verdienen war als mit ihren angestammtem Tätigkeiten, vergrößerten sie ihre Häuser, bauten Veranden und errichteten Lauben in den Gärten. Dies war die Zeit, in die Fontanes Aufenthalte in Krummhübel ab 1872 fielen. Die alten Bauernhäuser verschwanden allmählich, bis sie schließlich fast nur noch in Form von Museen existierten. An ihrer Stelle entstanden – wie in anderen Erholungsgebieten in ganz Deutschland – in einheitlichem Stil neue Logierhäuser, in denen möglichst viele Urlauber untergebracht werden konnten. Alte Gasthöfe wurden abgerissen und machten modernen Restaurants und Hotels Platz. Die Zahl der Feriengäste nahm so zu, dass die Orte manch-

Typisches Haus für Feriengäste aus den Gründerjahren in Oberkrummhübel (Haus Elisabeth); im Nebenhaus wohnte ein Kutscher, der dort auch Pferdestall und Wagenremise hatte.

mal geradezu überfüllt waren. Fontane hat sich oft darüber beklagt. Was das Wohnen anbetrifft, so hat er – vielleicht auch aus finanziellen Gründen – den alten Bauernhäusern die Treue gehalten bzw. bei seinem Aufenthalt in der Brotbaude in einem Gasthof alten Stils gewohnt.

Georg Friedlaender hat das in dem Nachruf, den er 1898 für seinen verstorbenen Freund in einer Riesengebirgszeitschrift veröffentlichte, zum Ausdruck gebracht: „Die Verpuppung der Baude in die Villa hatte sich in den achtziger Jahren noch nicht vollzogen, auch wählte Fontane absichtlich nur unverfälschte Bauernhäuschen. Mit köstlichem Humor hat er unzählige Male mündlich und brieflich die kleinen Leiden des Sommerfrischlers geschildert, um sie alljährlich mit derselben Freude wieder auf sich zu nehmen."

Bei den Mahlzeiten gab es während eines Urlaubs im Riesengebirge zur Zeit Fontanes mehrere Möglichkeiten. Frühstück und Abendessen wurden gewöhnlich in dem Haus eingenommen, in dem man wohnte. Zum Mittagessen ging man in einen Gasthof oder ein Hotel. Fontane nahm z. B. diese Mahlzeit während vieler Jahre in Krummhübel im gleichen Gasthof „Zur Schneekoppe" ein. Es gab aber auch die Möglichkeit, Unterkünfte mit Küche oder Küchenbenutzung zu mieten. Dann konnte man selbst kochen, wenn man das Gasthausessen nicht schätzte. Zur Entlastung der Hausfrau wurde in diesem Fall meist das Dienstmädchen mit in den Urlaub genommen. Auch von dieser Möglichkeit haben die Fontanes wiederholt Gebrauch gemacht.

Ein Urlaub von mehreren Wochen oder, wie im Fall von Fontane, vielfach sogar von mehreren Monaten, erforderte ein umfangreiches Reisegepäck. Meist musste das Bettzeug mitgenommen werden. Es wurden also Kisten gepackt, die man an den Urlaubsort vorausschickte. Für die Reise selbst blieb noch genügend Gepäck übrig: ein bis zwei Reisekörbe, große geflochtene, truhenförmige Körbe, die mit einer Eisenstange und einem Vorhängeschloss gesichert wurden, mehrere Koffer und Reisetaschen. Entsprechend hoch beladen waren die Pferdefuhrwerke, die Touristen an den Bahnhöfen in Hirschberg oder Schmiedeberg abholten. Fontane hat die typische Straßenszene, die sich bei der An- oder Abreise der Urlauber ergab, in seinem Roman „Quitt" ausführlich beschrieben.

Zu der Zeit, als Fontane seinen Urlaub in Krummhübel verbrachte, beherbergte der Ort im Schnitt 1000 Feriengäste im Jahr, überwiegend in den Monaten Juli und August. Der Wintersport spielte, abgesehen von Hörnerschlittenfahrten, erst ab Ende des Jahrhunderts eine Rolle. Die Zahl der Urlauber stieg von Jahr zu Jahr. 1884 waren es z. B. 884, im Jahr 1890 bereits 1502 und in späteren Jahren 10 000. Die Unterkunftsmöglichkeiten waren im Sommer knapp, und Fontane hatte es selbst mehrfach erlebt, dass alle infrage kommenden Zimmer bereits besetzt waren.

Diese Situation hat sicher gelegentlich dazu geführt, dass überhöhte Preise verlangt wurden, was Fontane öfter beklagte. Im Allgemeinen lagen die Preise aber im Rahmen. Die Miete für ein Zimmer belief sich auf 15 bis 20 Mark im Monat. Wenn Fontane zwei Zimmer benötigte, dann waren das

30 bis 40 Mark im Monat, bei einer Aufenthaltsdauer von drei Monaten 90 bis 120 Mark. Auch das Mittagessen im Gasthof war mit 1,50 Mark oder 1 Mark bei einem Abonnement erschwinglich. Fontane berichtete z. B., dass er 1868 im Hotel „Zum Schweizerhaus" in Erdmannsdorf 10 Silbergroschen, im Jahr 1885 im Gasthof „Zur Schneekoppe" in Krummhübel 9 Silbergroschen für ein Menü mit drei Gängen bezahlte. Die genannten Preise müssen in Relation zu Fontanes Einkommen gesehen werden. Seine Einkünfte aus schriftstellerischer Tätigkeit lagen im Mittel bei 7000 bis 8000 Mark im Jahr. Hinzu kamen bis 1889 seine Einkünfte als Theaterkritiker, ferner einige Zinsen. Im letzten Lebensjahrzehnt stieg sein Einkommen durch Dotationen und Preise an. Der Haushalt Fontanes gehörte damit zu den 1,5 % der Haushaltungen in Preußen, die über ein jährliches Einkommen von mehr als 2000 Talern (entsprechend 6000 Mark) verfügten. Fontane konnte aus seinen Einkünften kein großes Vermögen aufbauen, zumal die Ausbildung von drei Söhnen und einer Tochter viel kostete und der älteste Sohn George als Offiziersanwärter nie mit seinem Geld auskam. Aber er war in der Lage, Reisen und Aufenthalte in Sommerfrischen oder Bädern für sich und seine Familie zu bestreiten, und zwar umso besser, je älter er wurde, weil sein Einkommen wuchs.

In seinen Urlaubsorten traf Fontane mit anderen Feriengästen zusammen, die meist höhere Beamte, Offiziere oder Unternehmer waren. Es ist gewiss, dass es zu seiner Zeit noch keinen Massentourismus im heutigen Sinne gab und die Möglichkeit, Urlaub in Erholungsgebieten zu machen, nur bestimmten Klassen der Bevölkerung vorbehalten blieb.

Bei meinem ersten Aufenthalt im Riesengebirge waren seit Fontanes letztem Urlaub in Zillerthal 35 Jahre vergangen, ein nicht allzu großer zeitlicher Abstand. In dieser Zeitspanne hatte sich zwar einiges verändert, aber vieles ließ sich noch vergleichen. Die Fahrtdauer mit der Eisenbahn von Berlin nach Hirschberg war auf die Hälfte geschrumpft, Krummhübel hatte Anschluss an das Eisenbahnnetz erhalten. Am Bahnhof Krummhübel standen noch Pferdedroschken, die

Feriengäste in ihre Urlaubsquartiere brachten und die auch für Ausflugsfahrten genutzt wurden. Es gab dem Grafen Schaffgotsch gehörende Mautstraßen, die nur für Pferdefuhrwerke zugelassen waren. Allmählich kamen auch einige Autos zum Bahnhof, die später, bei Ausbruch des Krieges 1939, wieder verschwanden. Auch das zu befördernde Gepäck hatte noch einen ziemlichen Umfang, die geflochtenen Reisekörbe waren immer noch in Mode, und Zimmer mit Küchenbenutzung wurden nach wie vor vermietet. Die Zahl der Häuser im Dorf allerdings hatte sehr zugenommen, wobei die Bauernhäuser immer seltener wurden. Immerhin gab es noch einige, in denen Urlauber wohnen konnten. Dafür waren zahlreiche „moderne" Logierhäuser und Pensionen entstanden, und die bescheidenen Gasthöfe von ehemals hatten sich in komfortable Hotels verwandelt.

II. Die ersten Aufenthalte Fontanes im Riesengebirge 1868, 1869 und 1872

1. Erdmannsdorf, die erste Sommerfrische im Riesengebirge – Sommer 1868 Studien zum Krieg von 1866 in Nordböhmen

Ende August 1868 reiste Fontane zum ersten Mal ins Riesengebirge, und zwar allein, um sich dort vierzehn Tage lang zu erholen. Er war damals 48 Jahre alt und noch als Redakteur der Berliner konservativen Kreuz-Zeitung tätig. Ferienaufenthalte in Pommern, Thüringen und im Harz waren vorauf gegangen. Wer ihm das Riesengebirge empfohlen hatte, ist nicht bekannt. Fest steht aber, dass er das in Erdmannsdorf als Verwalter des königlichen Schlosses tätige Ehepaar Freiherr von Münchhausen schon von Berlin her kannte.

Fontane kam mit der märkisch-schlesischen Gebirgsbahn in Hirschberg an, dem Hauptort des schlesischen Riesengebirges, und musste mit der Kutsche nach Erdmannsdorf weiterfahren, das zwischen Hirschberg und Schmiedeberg bzw. Krummhübel liegt. Die Bahnverbindung zu diesen beiden Orten verlief später über Erdmannsdorf und gabelte sich hier, bestand aber 1868 noch nicht. Absteigen wollte Fontane in Sieckes Hotel „Zum Schweizerhaus", und er war sehr enttäuscht zu hören, dass dort bereits alles besetzt war. Der Kutscher wollte schon weiter nach Schmiedeberg fahren, als Fontane sich daran erinnerte, dass er eine Empfehlung des Pfarrers Schultz, Geistlicher am Diakonissenhaus Bethanien in Berlin, an den Superintendenten Roth in Erdmannsdorf bei sich führte. Im Pfarrhaus stellte er sich als Schriftsteller aus Berlin vor, und man vermittelte ihm ein Privatquartier, ein Giebelstübchen beim Ortsgendarmen Brey.

Erdmannsdorf. Links das Schloss (Turm mit Fahne), rechts die von Schinkel geplante Kirche, im Hintergrund die Falkenberge. Lithographie von Danziger (Anfang 19. Jahrhundert).

Gleich zu Beginn seines Aufenthalts in Erdmannsdorf beschrieb Fontane seiner Frau Emilie humorvoll-ironisch seine Unterkunft bei Brey:

„In dem Zimmer, das seit mehreren Tagen nicht gelüftet sein mochte, roch es nach gestoßnem Pfeffer und Himbeeräpfeln, zwei Artikel, die bei allem Respekt vor jedem einzeln, doch in ihrer Mischung alles andre eher sind als angenehm. Ich sagte mir: ‚und um dieser reinen Gebirgsluft willen bist Du 40 Meilen weit gereist!‘ Dieser erste kleine Schmerz wurde aber bald wieder in Balance gebracht. Ich erkundigte mich nach jener bekannten Lokalität, nach der einzelne ängstliche Gemüter, wenn sie einen Gasthof betreten, immer zuerst fragen. Herr Brey trat mit mir ans Fenster und sagte: ‚Dort unter den Bäumen‘. Im ersten Augenblick erschrak ich und dachte: ‚sollten die idyllischen Zustände hier so weit gehen ...‘ bald aber bemerkte ich zwischen zwei Apfel-

Schloss Erdmannsdorf (nach dem Umbau). Lithographie.

Zillerthal-Erdmannsdorf. Zillerthaler Haus mit der Inschrift „Gott segne den Koenig Friedrich Wilhelm III.“ (erhalten).

Schloss Erdmannsdorf. Im Schloss befindet sich heute eine Schule.

bäumen einen primitiven Holzbau, den man, seinem Styl nach, vielleicht als einen Vorläufer des Schilderhauses bezeichnen könnte. Wie hatt' ich dies alles aber unterschätzt. Die ganze Oertlichkeit, bei näherer Bekanntschaft, erwies sich als ein Ideal. Weiß gescheuert, die Thür offen, alles wie das Schloß im Märchen, von Bäumen umstellt, von Schlingpflanzen überwachsen, hier war eine Art Buen Retiro [gute Zuflucht] geschaffen, wie es die große Stadt mit all ihrem Erfindungsplunder, mit Ventilation und Wasserwerk nicht leisten kann. Dazu die schönste Luft, viel besser als in meinem Zimmer mit seinem Pfeffer und seinen Himbeeräpfeln."

Erdmannsdorf liegt in knapp 400 m Meereshöhe im Hirschberger Tal, das dem Riesengebirge nördlich vorgelagert ist. Nach Süden folgt auf Erdmannsdorf der Ort Zillerthal. Hier hatte der preußische König Friedrich Wilhelm III. die um ihres evangelischen Glaubens willen aus ihrer Tiroler Heimat ausgewanderten Zillerthaler angesiedelt. Er hatte sie in Preußen aufgenommen und ihnen größere Flächen des Gutes Erdmannsdorf zur Verfügung gestellt. Die

Zillerthaler ließen sich in mehreren Kolonien nieder und bauten sich im Stil Ihrer Heimat Häuser, die zum Teil bis heute erhalten sind. Als in Zillerthal eine Bahnstation entstand, erhielt sie den Namen Zillerthal-Erdmannsdorf. In den dreißiger Jahren des 20. Jahrhunderts wurde unter dem gleichen Namen eine Doppelgemeinde gebildet.

Zum Gut gehörte in Erdmannsdorf ein Schloss, das der Generalfeldmarschall von Gneisenau bis zu seinem Tode 1831 besessen hatte. Danach erwarb das preußische Königshaus Schloss und Gut. Zur Zeit Gneisenaus war das ursprüngliche Barockschloss im schlesischen Landhausstil des Biedermeier umgebaut worden. Friedrich Wilhelm III. ließ es von Karl Friedrich Schinkel renovieren und vergrößern. Von Schinkel stammt auch der Entwurf zur evangelischen Kirche in Erdmannsdorf. Sie ist in italienischem Stil mit einem hohen Campanile erbaut. Nach dem Tode des Königs 1840 ließ sein Sohn und Nachfolger auf dem Thron, Friedrich Wilhelm IV., das Schloss durch den Schinkel-Schüler

Schloss Buchwald.

Fischbach, das Schloss vor den Falkenbergen.
Stahlstich von R. Grünewald (ca. 1840) nach einer Zeichnung von L. Richter.

August Stühler völlig umbauen, wobei es den Charakter eines Landschlosses im Stil der englischen Gotik erhielt. So ist es bis heute erhalten.

Fontane fand in Erdmannsdorf eine ansprechende Parklandschaft im eigentlichen Sinne des Wortes vor, denn auch in der Nachbarschaft gibt es Schlösser mit Parkanlagen, wobei häufig Schlosspark an Schlosspark grenzte. Die meisten von ihnen verdankten ihre Entstehung Peter Joseph Lenné, dem Generaldirektor der königlich preußischen Garten- und Parkanlagen.

Seiner Frau berichtete Fontane in einem Brief vom 2. 9. 1868 von einer Wanderung nach dem südöstlich von Erdmannsdorf liegenden Buchwald. Hierbei lobte er besonders den zauberhaften Blick aufs Gebirge, den er unterwegs hatte. In Buchwald liegt ein weiteres Schloss, das dem Grafen und der Gräfin Reden gehörte. Friedrich Wilhelm Graf von Reden war als Oberberghauptmann von Schlesien und späterer preußischer Bergbauminister bekannt geworden. Die Gräfin

Anzeige von Suppelt's (früher Sieckes) Hotel in Erdmannsdorf.

Reden hatte große Verdienste um die Aufstellung der norwegischen Stabholzkirche Wang im Riesengebirge und um die Ansiedlung der Zillerthaler bei Erdmannsdorf. Nach ihrem Tod war das Schloss in den Besitz einer Nichte übergegangen, die mit einem Freiherrn von Rotenhan verheiratet war. Mit ihnen sollte Fontane fast zwei Jahrzehnte später zusammentreffen. Jetzt beschloss er, seinen Ausflug demnächst bis zum weiter nördlich zu Füßen der beiden 650 m hohen Falkenberge liegenden Fischbach auszudehnen. Auch dort gibt es ein Schloss, das den Hohenzollern gehörte. Es war vom Prinzen Wilhelm, dem Bruder von König Friedrich Wilhelm III., erworben worden.

Wie bei allen Urlaubsaufenthalten nutzte Fontane die Zeit nicht nur zur Erholung, für Ausflüge und Wanderungen, sondern auch zum Lesen und zu ungestörter literarischer Tätigkeit. Dabei war er fleißig und gewissenhaft, teilweise aus Veranlagung, aber auch aus der Notwendigkeit geboren, für seine Familie zu sorgen. Zur Zeit seines Urlaubs in Erdmannsdorf hatte er zwar noch gesicherte Einkünfte als Mitarbeiter der Kreuz-Zeitung. Zwei Jahre später aber sollte er diese Stelle kündigen. Dann hatte er – zum Leidwesen seiner Frau – nur für kurze Zeit ein festes Einkommen als Sekretär der Akademie der Künste in Berlin und danach in bescheidenem Umfang, aber auf Dauer, als Theaterrezensent der Vossischen Zeitung. Im Übrigen musste er von den Erträgen seiner schriftstellerischen Tätigkeit leben. Mit dem Schreiben von Romanen sollte Fontane erst zehn Jahre später im Alter von fast sechzig Jahren beginnen. Zur Zeit seines ersten Aufenthalts im Riesengebirge war er journalistisch tätig, ferner schriftstellerisch als Verfasser historischer Werke zu Themen der Zeitgeschichte. Sein erstes Buch aus diesem Genre, „Der Schleswig-Holsteinische Krieg im Jahre 1864“, war 1865 erschienen. Jetzt in Erdmannsdorf beschäftigte ihn die Arbeit an seinem geplanten Werk „Der Deutsche Krieg von 1866“. Zwei Romane des schottischen Dichters Sir Walter Scott stellten seine Urlaubslektüre dar. Begeistert schrieb er über sie in einem Brief. In gewisser Weise waren die Werke Scotts mit historischem Hintergund Vorbilder für seine späteren eigenen Romane.

In einem Brief vom 28. 8. 1868 schilderte Fontane seiner Frau sein Tagesprogramm:

„Um 8 $^{1}/_{2}$ Uhr steh ich auf. Gustel bringt Kaffee und Buttersemmel. Dann blicke ich eine Viertelstunde ins Gebirge hinein und sauge Morgenluft. Mein Auge labt sich an dem Grün, mein Ohr an der Stille. Dies letztere ist ein ganz unsagbarer Genuß.“

Danach machte er es sich auf dem Sofa von Frau Brey bequem. Es wurde zuerst gelesen, dann ein paar Stunden gearbeitet. Zu Mittag aß er an der damals üblichen gemeinsamen Tafel (table d'hôte) in Sieckes Hotel „Zum Schweizerhaus“. Dieses lag am Schlosspark und war nach einem im Schweizer Stil errichteten Haus im Park benannt. Zum Mittagessen schrieb er:

„Der Höhepunkt des Tages, nach hier allgemeiner Anschauung, ist das Diner im Schweizerhaus bei Siecke. Siecke bedeutet hier etwa dasselbe wie seinerzeit Jagor unter den Linden oder die Frères Provençaux im Palais royal. Ihn anzuzweifeln ist halb lächerlich, halb Hochverrat.“

Die Preise bei Siecke galten damals als hoch. Fontane äußerte sich dazu wie folgt:

„Die Sache ist eigentlich dadurch erledigt, daß man für zehn Silbergroschen drei Gerichte erhält; da darf man nicht ins Gericht gehn.“

Schon auf der Bahnfahrt ins Gebirge hatte man ihm zur Sieckeschen Küche gratuliert, und nun folgt eine Bemerkung über die Schlesier, denen später weitere, teilweise widersprüchliche folgen sollten:

„Es scheint also einfach, daß der Schlesier ein genügsamer Kerl ist. Gott erhalte ihn so, aber bewahre ihn vor der Edirung von Kochbüchern!"

Bei allem Spott würdigte er aber im Weiteren das Mittagsmahl bei Siecke:

„So bescheiden nun der substantielle Theil des Mahles ausfällt, so ist doch das Ganze nicht übel; die Arrangements sind anmuthig, und man kann beinah sagen, die Schneekoppe steht wie ein Tafelaufsatz vor einem auf dem Tisch. Man ißt nämlich halb im Freien, auf dem Podium einer zwischen zwei Schweizerhäusern gelegenen weinumrankten Veranda, durch deren offne Bogen man aufs Gebirge blickt. Im Vordergund Wiesen, Bach, Brücke, weiße Häuser und ein Theil des Parks. Alles dies ist theils schön, theils lieblich, und das friedlich-Heitre des Bildes wächst dadurch, daß zahlreiche Sperlinge – als wäre die Veranda eine Volière – darin umher hüpfen und fliegen; jeder wirft ihnen Brotkrumen zu und so bietet sich ein immer gleiches und doch immer wechselvolles Schauspiel, das ganz zu dem freundlichen Gesamtbilde paßt."

Dieser Wechsel von ernsthafter Schilderung, hier auch der Natur, zu ironischen Anmerkungen ist typisch für Fontanes Art, Briefe zu schreiben.

Über den weiteren Tagesablauf teilte er mit, dass am Nachmittag ein Spaziergang bis gegen sieben Uhr folgte, danach das Abendbrot in seinem Zimmer. Zum Abschluss des Tages las er bei Kerzenschein noch bis in die späte Nacht.

Fontane war sehr kontaktfreudig, und so legte er auch im Urlaub Wert darauf, mit ihn interessierenden Menschen zusammenzutreffen. Seine Vorliebe für die Menschenbeobachtung war später für ihn von großem Nutzen beim Entwerfen seiner Romangestalten. Gleich am ersten Tag seines Aufenthalts in Erdmannsdorf machte er gegen Mittag beim Ehepaar von Münchhausen, den Schlossverwaltern, Visite und wurde für den gleichen Tag zum Souper eingeladen. Die Münchhausens wohnten nicht im Schloss, sondern in einem Tiroler Musterhaus, das dicht an der Mauer des Schlossparks lag. Agnes von Münchhausen, geb. von Scharnhorst, Enkelin der beiden Feldherren von Gneisenau und von Scharnhorst, hatte den

Beinamen „Engel von Trautenau". Nach dem schweren und verlustreichen Grenzgefecht zu Beginn des preußisch-österreichischen Krieges von 1866 hatte sie sich in aufopferungsvoller Weise um die Verwundeten beider Seiten gekümmert.

Beim Mittagessen im Hotel Siecke lernte Fontane an diesem Tag den Stiftshauptmann von Kalkreuth und seine Frau kennen. Mit ihnen unternahm er einen Nachmittagsausflug nach Stonsdorf, zur Heinrichsburg und nach Hirschberg, wo auf dem Hausberg Kaffee getrunken wurde. Gleich nach seiner Rückkehr musste er zum Souper beim Freiherrn von Münchhausen, wo er die verwitwete Generalin von Lindheim traf. Dieses Programm war etwas reichlich für den ersten Tag bemessen, und als er abends ein Krebsgericht nicht vertrug – Fontane hatte einen empfindlichen Magen –, musste er einen Ruhe- und Fastentag einlegen, wie er seiner Frau brieflich mitteilte. Einige Tage später war er erneut zum Souper geladen. Dieses Mal klagte er, es wäre bei den Münchhausens kellerkalt gewesen. Fontane war zeitlebens sehr kälteempfindlich.

Wiederum einige Tage später – es war ein Sonntag und „goß mit Mollen", wie er sich ausdrückte – war Fontane noch einmal bei den Münchhausens zu Gast, dieses Mal zum Diner, was ihm sicher lieber war als die Teilnahme an der von ihm nicht sehr geschätzten table d'hôte bei Siecke. Er teilte dann auch mit, „er habe sich eigentlich an dem Tage gesund gegessen". Von Frau von Münchhausen erhielt Fontane viele Informationen über märkische adlige Familien, die ihm von Nutzen für seine „Wanderungen durch die Mark Brandenburg" waren.

In Erdmannsdorf hatte Fontane weiterhin Kontakt zum Schwiegersohn der Generalswitwe von Lindheim, dem Hauptmann von Wedelstädt. Zu Beginn der Erdmannsdorfer Zeit besuchte er das örtliche Krankenhaus „Bethanien". Er traf dort als Oberin die Schwester Elise, die er am Ende seiner Zeit als Apotheker am Berliner Krankenhaus „Bethanien" in die Pharmazie eingeführt hatte.

Der eigentliche Stellvertreter des Königs im Schloss war der Kammerherr von Rauch. Fontane hatte ihm einen Besuch abgestattet, ihn aber nicht angetroffen und seine Karte abgegeben.

Der Kynast.

Am Abend empfing er in seinem Giebelstübchen den Gegenbesuch des Kammerherren. In einem Brief an seine Frau vom 2. 9. 1868 schilderte er das auf sehr amüsante Weise. Dabei wird deutlich, wie leger sich Fontane in Fragen der Etikette und Garderobe verhielt. Beides war für die Gesellschaft seiner Zeit von großer Bedeutung.

„Ich empfing nun gestern Abend seinen Gegenbesuch; Hauptmann v. Wedelstaedt kam hinzu, Frau Brey spendirte ihre beiden besten Leuchter, so daß wir eine kleine Reunion hatten, freilich mit trocknem Munde, doppelt trocken vom vielen Reden. Es geht eine dunkle Sage, das Schloß läge mit einer Einladung im Anschlage, trotzdem sich im ganzen Dorf das Gerücht meiner Fracklosigkeit verbreitet hat. Ich denke mir, daß infolge dieses Mankos, die Wage noch hin und her schwankt, und lebe der Hoffnung, daß die Etikette schließlich über die Neugier siegen und der fehlende Leibrock mich retten wird. Der Kammerherr traf mich in der Tat gestern in einem Kostüm (Bammelhose, nur ein Knopf zu, Filzschuhe und Ueberzieher mit dem mausrigen Sammtkragen), das meiner Hoffnung neues Leben gibt."

Auch Superintendent Roth, dem Fontane die Vermittlung seiner Unterkunft verdankte, hat ihn in seiner Dachkammer besucht. Von Erdmannsdorf aus unternahm er dann einige weitere Ausflüge und Touren. Zunächst ist eine Kutschfahrt nach Hermsdorf unterm Kynast zu nennen. Er fuhr gemeinsam mit dem Ehepaar von Chappuis, das er bei den Münchhausens kennen gelernt hatte. Obristlieutenant von Chappuis, der einen Arm verloren hatte, wollte sich in Schlesien niederlassen. Er war Fontane etwas auf die Nerven gegangen mit seinen Aufsätzen, die von der Kreuz-Zeitung nicht angenommen wurden. Seine Frau beschrieb Fontane drastisch als „ebenso hässlich wie angenehm. Kupfernase, Wackelzähne, aber freundlich, wohlwollend, von einem feinen Organ". Die Fahrt ging über Stonsdorf und Warmbrunn nach Hermsdorf in der Mitte des schlesischen Riesengebirges. Dort wurde der Berg Kynast bestiegen, auf dem die gleichnamige Burgruine liegt. Hier befand sich ursprünglich die Stammburg der Reichsgrafen Schaffgotsch, denen bis 1945 fast der gesamte Grund und Boden im schlesischen Riesengebirge gehörte. Die Burg war 1675 nach einem Blitzschlag abgebrannt und seitdem Ruine. Die Grafen Schaffgotsch hatten danach ihren Sitz nach Warmbrunn verlegt.

Gemeinsam mit dem Hauptmann von Wedelstädt besuchte Fontane Schmiedeberg, wo er sich später noch oft aufhalten sollte. Dort suchte er auch die bekannte Teppichfabrik auf und brachte die Teppichpreise in Erfahrung. Brieflich teilte er sie seiner Frau mit, um den Wert des eigenen Teppichs zu Hause zu ermitteln.

Am letzten Tag des Urlaubs unternahm Fontane eine Tour auf die Schneekoppe, den höchsten Berg des Riesengebirges. Es ist früher in Frage gestellt worden, ob er während seiner Aufenthalte im Riesengebirge überhaupt einmal auf der Schneekoppe war. Seiner Frau hatte er nur von einer beabsichtigten Partie zur schon kurz erwähnten Kirche Wang geschrieben, der norwegischen Stabholzkirche, die nach Abbruch an ihrem norwegischen Standort im Valdres von 1842 bis 1844 in Brückenberg im Riesengebirge in 885 m ü. d. M. wieder aufgestellt worden war. Aus Fontanes Tagebuchauf-

Die Kirche Wang.

Riesenbaude mit Schneekoppe (Anfang des 20. Jahrhunderts).

zeichnungen für das Jahr 1868 geht aber eindeutig hervor, dass er am Ende des Urlaubs diesen Berg bestieg. Er scheint auf dem Gipfel sogar übernachtet zu haben, was möglich war, denn seit 1850 gab es die preußische Baude auf der Koppe. Sie war zwar zweimal abgebrannt, aber immer wieder aufgebaut worden, und in diesem Jahr 1868 wurde auch die böhmische Baude fertig. Fontane hat nämlich in seinem Tagebuch vermerkt, dass es einen prächtigen Sonnenunter- und aufgang gab. Falls er die Tour von Erdmannsdorf aus zu Fuß unternommen hätte, wäre sie ziemlich strapaziös geworden. Er hätte dann 13 km Anmarsch und insgesamt 1200 Höhenmeter bewältigen müssen. Es spricht aber einiges dafür, dass er mit der Kutsche zur Kirche Wang gefahren ist, denn das war wohl sein ursprüngliches Ziel. Wahrscheinlich hat er sich spontan entschlossen, bei gutem Wetter die Koppe zu besteigen. Von der Kirche Wang aus waren es nur noch gut 700 Höhenmeter.

Fontane hat sich in seinem vierzehntägigen Urlaub in Erdmannsdorf gut erholt, insbesondere die Luft hatte ihm gut

Der Schneekoppengipfel zur Zeit Fontanes. Preußische Baude und St.-Laurentius-Kapelle.

getan. Trotzdem schrieb er am 5. 9. 1868 seiner Frau, dass dieser Ort für einen Familienurlaub nicht infrage käme, da er zu weit entfernt vom eigentlichen Gebirge läge.

„Will man täglich Fahrten im Gebirge machen, heute hierhin, morgen dorthin, so wird die Sache sehr theuer, und setzt man sich bei Frau Brey ans Fenster und kuckt auf den ‚Ameisenhügel' [Ameisenberg heißt eine 501 m hohe Erhebung am Rande von Erdmannsdorf], so ist das dreimal des Tages auf eine halbe Minute sehr hübsch, auf drei Wochen aber furchtbar langweilig! Bin ich allein, so unterbreche ich diesen Naturgenuß in der mannigfachsten Weise, ich lese, arbeite, schreibe Briefe, mache Spaziergänge, und selbst Stunden einfacher Langeweile werden zum Genuß. Ganz anders ist es, wenn man zusammen lebt; man ist dann in einer beständigen Furcht, der andre könnte sagen: ‚Ach wie trostlos, wie öde ist dieser Tag', und fürchtet mehr oder weniger, man könne für diese Tristheit aufkommen sollen. So wird eine Art nervöser Zustand, eine innerliche Unruhe geboren, die auf wenige Wochen loszuwerden ja eigentlich der Hauptzweck solcher Reise ist."

Hier wird deutlich, dass es für Fontane, der in Berlin zum Großstädter geworden war, nicht ausreichte, im Urlaub Ruhe und Einsamkeit und schöne Natur zu genießen, sondern dass er auf Abwechslung und den Umgang mit Menschen nicht verzichten konnte.

Ein Nebenergebnis beim Lesen der Urlaubsbriefe Fontanes ist die Erkenntnis, mit welcher Präzision und Schnelligkeit vor 130 Jahren die preußische Post funktionierte. Am 2. September stellte Fontane in Erdmannsdorf seiner Frau in Berlin brieflich eine Frage, am 5. September hielt er bereits die Anwort in Händen. Ein anderes Beispiel: Er schrieb seiner Frau, dass er am Sonntag (!) Vormittag eigentlich ein Paket erwartete, es sei dann aber erst am Sonntag Nachmittag eingetroffen. (Da es im Riesengebirge empfindlich kalt geworden war, hatte er sich warme Garderobe schicken lassen.) Viele Jahre später, als er während des Urlaubs in der Brotbaude wohnte, berichtete er, dass der Briefträger aus Krummhübel erst am Nachmittag käme. Dieser musste vom Unterdorf in Krummhübel bis zum äußersten Ende von Brückenberg aber auch einen weiten Weg zurücklegen und dabei 300 Höhenmeter aufsteigen.

Am Ende des Erdmannsdorfer Urlaubs verließ Fontane die Region noch nicht. Bereits im August 1866 hatte er die Schlachtfelder des preußisch-österreichischen Krieges in Böhmen aufgesucht, um dort vor Ort Studien für sein beabsichtigtes Buch „Der Deutsche Krieg von 1866" vorzunehmen. Vorab war im September/Oktober 1866 eine elfteilige Folge „Reisebriefe vom Kriegschauplatz Böhmen 1866" in Deckers „Berliner Fremden- und Anzeigeblatt" erschienen. Die Arbeit am Buch war aber auch jetzt, im Spätsommer 1868, noch nicht beendet. Er entschloss sich, erneut nach Böhmen zu reisen und dort besonders die Orte der grenznahen Gefechte aufzusuchen. So fuhr er von Schmiedeberg nach Landeshut und von da nach Trautenau, dem Hauptort im böhmischen Riesengebirge, vergleichbar in der Bedeutung mit Hirschberg für das schlesische Riesengebirge.

Am Südrand von Trautenau hatten die Österreicher am Kapellenberg ihren einzigen Sieg im Krieg von 1866 errungen.

Gefecht auf dem Ring von Trautenau am 27. Juni 1866, die Preußen mit Pickelhauben, die Österreicher mit Tschakos.

Nachod.
Stahlstich von A. H. Payne nach einer Zeichnung von L. Richter.

Der Ring von Trautenau heute.

Vorausgegangen war am 27. 6. 1866 die Besetzung der Stadt durch die Preußen, die sich zunächst friedlich vollzog. Während die preußischen Soldaten sich in den Straßen verstreuten und die Gasthäuser überfüllten, waren österreichische Jäger in die Stadt eingedrungen und hatten das Feuer eröffnet. Es kam am Stadtrand zu einem Reiterkampf, in der Stadtmitte am Ring zu einem Straßengefecht und zum Häuserkampf. Am folgenden Tag begab sich Fontane nach Nachod, das auf der böhmischen Seite des gleichnamigen Passes liegt, der aus der Grafschaft Glatz herausführt. Auch dort war es zu einem Grenzgefecht gekommen. Fontane hat eine Beschreibung von Nachod unter dem Titel „Erinnerungsblätter aus dem Jahre 1866“ im Johanniter-Wochenblatt (Nr. 9/1869) veröffentlicht und sie später in sein Buch über den Krieg von 1866 übernommen. Von Nachod aus begab er sich nach Skalitz und Burkersdorf sowie Alt-Ragnitz, Orten an den Straßen, die nach Königgrätz führen, wo die entscheidende Schlacht des Krieges 1866 stattfand.

Mitte September 1868 war Fontane wieder in Berlin. Dort konnte er das Manuskript seines Buches über den „Deutschen Krieg von 1866" schnell fertig stellen. Die Durchsicht erforderte dann noch neun Monate. Das Buch erschien in zwei Teilen erst 1869/70.

2. In Hermsdorf unterm Kynast – Sommer 1869
Der vergessene Urlaub

Bereits Ende August 1869 reiste Fontane erneut ins Riesengebirge, und zwar wieder allein. Als Urlaubsort hatte er diesmal Hermsdorf unterm Kynast (u. K.) gewählt, das er durch seinen Ausflug im Vorjahr von Erdmannsdorf aus bereits kannte. Dieser Urlaub ist häufig in Fontane-Biographien und Zeitschriften-Artikeln zu den Aufenthalten im Riesengebirge vergessen worden. Deshalb wird dann auch die Zahl seiner Urlaubsperioden im Riesengebirge gelegentlich mit neun angegeben. Durch Fontanes Tagebuchaufzeichnungen und einen Brief an seine Frau vom 1. September 1869 aus Herms-

Hermsdorf u. K. (dreißiger Jahre).

Hermsdorf u. K. (4652)
Endstation der Strassenbahn Hirschberg—Hermsdorf.
Tietze's Hotel
Altrenommiertes Haus am Platze
60 komfortable Zimmer für Sommerfrischler u. Touristen.
zu kürzerem und längerem Aufenthalt.
Speise-Saal.
(Diner à la carte zu kleinen Preisen.)
Grosser schattiger und staubfreier Garten nebst Kolonnaden
(herrliches Gebirgs-Panorama).
Bergführer-, Träger- und Reitpferde-Station.
Oeffentlicher Fernsprech-Anschluss Nr. 15.
Hauptstation d. Hörnerschlittenfahrt Hermsdorf-Peterbaude.
Hochachtungsvoll
C. Schulz, Besitzer.

dorf ist dieser Urlaub aber eindeutig belegt, und die Gesamtzahl der Aufenthalte im Riesengebirge erhöht sich auf zehn.

Hermsdorf liegt in der Mitte des schlesischen Riesengebirges zu Füßen des Kammes in 330–400 m Höhe ü. d. M. und ist deshalb als Ausgangspunkt für Wanderungen im eigentlichen Gebirge gut geeignet. Direkt neben Hermsdorf erhebt sich der 657 m hohe Kynast mit der schon erwähnten Burgruine. Der nächste Ort oberhalb von Hermsdorf ist Agnetendorf, wo sich Gerhart Hauptmann später niederließ.

Fontane wohnte in Hermsdorf bei einer Frau Seifert und war zu Tisch in Tietzes Hotel, das auch in den dreißiger Jahren des 20. Jahrhunderts noch bestand und als Erstes am Platz galt. Der Urlaub wurde durch die gleichzeitige Anwesenheit von Bekannten angenehm und interessant. Wahrscheinlich hatte das Fontane auch bewogen, Hermsdorf als Sommerfrische zu wählen. Da war zunächst Karl Hermann Freiherr von Wangenheim, der mit Marie Freiin Aickner von Heppenstein verheiratet war. Dieses Ehepaar verbrachte die gesamten Ferien gemeinsam mit Fontane. Der Freiherr war preußischer Oberregierungsrat, Fontane hatte die Zwillingstöchter des Ehepaars unterrichtet. Ferner erwähnte er den Geheimrat Lecoq, den er in Hermsdorf kennen lernte. Von großer Bedeutung für ihn war Wilhelm Hertz mit Tochter Fanny. Als Verleger in Berlin hatte Hertz bereits Gedichte von Fontane und die ersten Teile der „Wanderungen durch die Mark Brandenburg" herausgegeben. Später sollte er „Grete Minde", „Ellernklipp", „Vor dem Sturm", „Quitt" und weitere Teile der „Wanderungen" verlegen. Schließlich ist auch noch der Hofrat Herrlich zu nennen. Er wurde Fontanes Hausgenosse, als der Dichter 1872 die Wohnung Potsdamer Straße 134 c in Berlin bezog, die er bis zu seinem Tode bewohnen sollte. Karl Herrlich war Erster Sekretär des Johanniter-Ordens und gab das „Wochenblatt der Johanniter-Ordens-Balley Brandenburg" heraus.

Von diesem Urlaub berichtete Fontane noch, dass er viele Ausflüge machte, z. B. nach Petersdorf, Warmbrunn, Stonsdorf, wo Heinrichsburg und Prudelberg besucht wurden, und zum Kynast. In Warmbrunn traf er Herrn Brey, seinen Erdmannsdorfer Zimmervermieter vom Vorjahr, der dort zur Kur war.

Gearbeitet hat er an den ersten fünf Kapiteln zum dritten Teil seiner „Wanderungen", die das Gebiet um Potsdam umfassten. Seine Urlaubslektüre waren „Tom Jones" des englischen Dichters Fielding und die Gedichte der Annette von Droste-Hülshoff.

Fontanes Befinden während dieses Urlaubs war gut. Er hatte einen guten Schlaf, eine Erkältung war verschwunden, seine Nerven hatten sich „gekräftigt", nur mit seinem Magen war er nicht zufrieden, und er merkte an, „daß die Jugend völlig hin ist". Mitte September war Fontane wieder in Berlin.

3. Fontane lernt Krummhübel als Sommerfrische kennen – Sommer 1872 Besuch verschiedener Orte in Schlesien nach dem Urlaub

Drei Jahre nach seinem Aufenthalt in Hermsdorf reiste Fontane am 6. Juli 1872 „mit dem ganzen Haushalt", wie er ins Tagebuch schrieb, zum ersten Mal nach Krummhübel in die Sommerfrische. Drei Tage später folgte seine Frau Emilie nach. Sie hatte Ende Mai ihre Freundin Johanna Treutler auf Gut Neuhof bei Liegnitz besucht. Krummhübel war damals der aufstrebende Luftkurort im östlichen Teil des schlesischen Riesengebirges. Das lang gestreckte Dorf liegt zwischen 550 und 850 m ü. d. M. zu Füßen des Riesengebirgskamms und der Schneekoppe. Es bietet einen guten Zugang zu den höheren Gebirgspartien. Fontane kannte den Ort zuvor nur durch seine Tour im Sommer 1868 zur Kirche Wang und zur Schneekoppe. Es ist nicht genau bekannt, wo die Fontanes im Sommer 1872 in Krummhübel wohnten, aber es wird vermutet,

Krummhübel (dreißiger Jahre).

Emilie Fontane (photographiert von Loescher & Petsch 1889).

dass es sich um das Haus Nr. 57 von Johannes Maywald handelte, das am so genannten Gehängeweg lag.

Der Aufenthalt in Krummhübel war der erste richtige Erholungsurlaub nach Fontanes Frankreich-Abenteuer. Ende September 1870 hatte er sich auf den Kriegsschauplatz in Nordfrankreich begeben, um dort Material für sein neues Kriegsbuch zu sammeln. Am 5. Oktober machte er von Nancy aus einen Abstecher in unbesetztes Gebiet, nach Domrémy, um das Denkmal der dort geborenen Jungfrau von Orléans zu besichtigen. Als mutmaßlicher preußischer Spion wurde er festgenommen, zeitweise drohte ihm die Erschießung. Man brachte ihn von einem Gefängnis ins andere und schließlich auf die Insel Oléron vor der französischen Atlantikküste. Erst durch eine Intervention Bismarcks kam er frei. Im April und Mai 1871 suchte er Frankreich erneut auf. Während eines Arbeitsaufenthalts in Mecklenburg hatte er seine Erlebnisberichte „Kriegsgefangen" und „Aus den Tagen der Okkupation" geschrieben, die im gleichen Jahr noch erschienen. Das eigentliche Buch über den Krieg „Der Krieg gegen Frankreich 1870/71" kam in zwei Bänden erst 1873 bzw. 1875/76 heraus.

Den vierwöchigen Aufenthalt in Krummhübel bezeichnete Fontane als „sehr schöne Zeit". Er las viel, und zwar sämtliche Dramen von Heinrich von Kleist, „D. Katzenbergers Badereise" von Jean Paul und Achim von Arnims Essay über Volkslieder.

Seine eigene literarische Arbeit erstreckte sich auf den Band „Havelland" der Märkischen Wanderungen. An seinem Lieblingsplatz, einer Bank am Eingang zum Melzergrund, einem lang gestrecktem Gebirgstal, schrieb er das Einleitungsgedicht.

Während dieses Urlaubs wurde in Krummhübel auch viel Besuch empfangen. Fontane nennt „Tante" Merckel, die mit den Fontanes bekannte Frau des Kammergerichtsrats Wilhelm von Merckel, das Ehepaar Treutler von Gut Neuhof bei Liegnitz, Minette Harder, eine Freundin von Emilie Fontane, Toni (Antoinette) Roquette, die Schwester von Otto Roquette, einem damals bekannten Lyriker und Literaturhistoriker.

Von Krummhübel aus reiste Fontane mit seiner Frau am Ende des Urlaubs für eine Woche nach Gut Neuhof bei Liegnitz, wo sich Emilie schon häufig bei den Treutlers aufgehal-

Kloster Wahlstatt heute (zeitweise preußische Kadettenanstalt).

Klosterkirche Wahlstatt.

ten hatte. Von dort aus unternahmen sie Ausflüge nach Wahlstatt, zum Schlachtfeld an der Katzbach und nach Breslau. Wahlstatt bei Liegnitz ist bekannt geworden durch die Mongolenschlacht von 1241. Damals war ein deutsch-polnisches Ritterheer, unterstützt durch deutsche Bergknappen, unter dem Piastenherzog Heinrich II. von Schlesien, Sohn der heiligen Hedwig, den Mongolen unterlegen, Herzog Heinrich gefallen.

Das Breslauer Rathaus von Südosten.
Lithographie von Louis Ferdinand Koska und B. Nagel, um 1850 bis 1860.

Die Mongolen drangen aber nicht weiter in Mitteleuropa vor, sondern zogen mordend und plündernd am Sudetenrand nach Südosten ab, um sich mit ihrem Hauptheer in Ungarn zu vereinigen. Als sie die Nachricht vom Tode ihres Groß-Khans Ögedei (Dezember 1241) erreichte, traten sie endgültig den Rückzug nach Osten an und verschwanden wieder in den Weiten Asiens, woher sie gekommen waren. Am Schlachtfeld von 1241 war bald danach eine Benediktiner-Abtei entstanden, die 500 Jahre später im Barockstil umgebaut wurde und nach der Säkularisierung ab 1813 als preußische Kadettenanstalt diente. Der älteste Fontane-Sohn George, der eine Offiziersausbildung erhielt, war hier später zeitweise als Lehrer tätig.

Fontane interessierte sich aber mehr für ein anderes Schlachtfeld ganz in der Nähe von Wahlstatt, nämlich das an der Katzbach. Hier hatte Blücher 1813 die Franzosen endgültig aus Schlesien vertrieben. Nur die Festung Glogau blieb noch bis zum April 1814 in französischer Hand. Blücher erhielt den Titel „Fürst von Wahlstatt". – Der Aufenthalt in Schlesiens Hauptstadt Breslau wird im Tagebuch als „kleine Tagesreise" bezeichnet. Fontane besuchte die Stadt zum ersten Mal. Aus einem Reisetagebuch (Notizbuch) geht hervor, dass der Ring (Marktplatz) und das Rathaus besichtigt wurden. Im Notizbuch ist hierzu vermerkt:

„Der Ring ist einer der größten und stattlichsten Markt- und Rathausplätze, die ich kenne. Er ist lange nicht so schön wie der Brüsseler, aber größer und nicht minder interessant. Seine Form ist diese. [Es folgt ein Lageplan mit Legende.]"

In diesem Notizbuch sind als besuchte Orte in Schlesien auch Altwasser und Salzbrunn genannt, beide im Waldenburger Bergland zwischen Breslau und dem Riesengebirge gelegen.

Der Gerichtskretscham in Krummhübel (dreißiger Jahre).

III. Die Aufenthalte Fontanes in Krummhübel von 1884 bis 1887

1. Nach zwölfjähriger Unterbrechung wieder in Krummhübel – Sommer 1884 Fontane lernt Georg Friedlaender kennen

Am 18. Juli 1884 reiste Fontane nach zwölfjähriger Unterbrechung wieder nach Krummhübel, zunächst allein, nach drei Wochen folgte seine Frau Emilie nach. Von nun ab sollte er bis 1892 fast in jedem Jahr Urlaub im Riesengebirge machen. Diesen Aufenthalt während des Sommers 1884 hatte ihm sein Berliner Bekannter Dr. Ludwig Schwerin empfohlen, der regelmäßiger Feriengast in Krummhübel war. Gerade vor dem Urlaub konnte Fontane ein Buch über den Berliner Epiker und Balladendichter Christian Friedrich Scherenberg (1798–1881) vollenden, zu dem ihm Schwerin, ein Privatgelehrter, Material besorgt hatte. Das Buch erschien vorab in der Vossischen Zeitung.

Fontane war mit der Bahn nach Schmiedeberg und anschließend mit der Kutsche nach Krummhübel gefahren. Hier empfing ihn die Frau von Dr. Schwerin, dem er auch die Vermittlung seines Quartiers im Haus Nr. 41 von Fremdenführer Julius Schreiber verdankte. Das Haus lag im mittleren Dorf zwischen dem Gasthof „Zur Schneekoppe" und dem „Gerichtskretscham". Der Gasthof, später das Hotel „Zur Schneekoppe", war damals das beste Haus im Ort. Der Name „Kretscham" ist ein in Schlesien und in der Lausitz gebräuchlicher Ausdruck für ein Wirtshaus. „Gerichtskretscham" hieß er, weil er gegenüber der alten Dorflinde lag, unter der früher die Gerichtstage abgehalten wurden, bei schlechtem Wetter auch im Kretscham selbst. Während der Gasthof „Zur Schneekoppe" heute nicht mehr besteht, ist der

Der Gerichtskretscham in Krummhübel heute.

„Gerichtskretscham" als Gebäude erhalten, das jetzt als Hotel genutzt wird.

Nun stellte sich aber heraus, dass das Zimmer bei Schreibers noch nicht frei war, und Fontane musste für drei Tage in eine Unterkunft im „Augustabad", einem christlichen Hospiz im Unterdorf, ausweichen. Am folgenden Tag beschrieb er seiner Frau, wie er dort untergekommen war:

„Die *Koppe* sieht mir gerad ins offen stehende Fenster und die Wiesen vor mir tragen mir balsamische Luft zu."

Nicht zufrieden war er mit dem gewissen „Örtchen":

„Wäre ich jünger und frischer und machte mir überhaupt noch etwas Spaß, so würde ich ein Feuilleton schreiben ‚Das Oertchen' und den vollkommen richtigen, durchaus nicht übertriebenen Satz durchführen: ‚Jeder Ort in Deutschland scheitert am Oertchen'."

Er nennt u. a. Dobbertin in Mecklenburg, Wernigerode und Thale im Harz, Potsdam, Norderney, wo er überall wohl schon schlechte Erfahrungen gemacht hat, und fährt fort:

„Alle werden wertlos und unbesuchbar durch das Oertchen. Das klingt scherzhaft, ist aber eine ganz ernsthafte Calamität. Mein erster Gang heute war in den Wald, in dem ich mir für die Zukunft einige verschwiegene Lauben ausgesucht habe. Wenn man will, ‚Sommerfrische bis ins Letzte!'."

Dann berichtete er vom christlichen Hospiz:

„Dieses Augusta-Bad ist auch eine Schöpfung des Evangelischen Vereins, wie Hagenthal bei Gernrode, das ich mit Hofprediger Strauß besuchte. Ich komme also aus dem ‚Christlich-Germanischen' gar nicht mehr heraus, und ein jüdischer Philosophiedoktor [Dr. Schwerin] hat mich introduciert: [...]"

Fontane teilte ferner mit, dass er seinen Erdmannsdorfer Zimmervermieter vom Sommer 1868, den damaligen Ortsgendarmen Brey, jetzt als Hausverwalter des Augusta-Bads wieder traf. Auch Frau Brey, „nur noch mit einem Zahn", lebe noch.

In diesem Sommer war Fontane überarbeitet in den Urlaub gefahren und bezeichnete sein Befinden in Krummhübel als „gleichmäßig schlecht". Er sei abgespannt, kraft- und freudlos. Hinzu kam, dass ihn ein familiäres Problem beschäftigte. Tochter Martha, genannt Mete, hatte eine Amerikanerin nach Italien begleitet und trug sich mit dem Gedanken, in die Vereinigten Staaten auszuwandern. Aber es kam dann doch nicht dazu.

Am vierten Tag seines Aufenthalts in Krummhübel konnte er das Zimmer bei Schreiber beziehen. Fontane war kein Frühaufsteher. Erst um 9 Uhr begann für ihn der Tag. Für den Morgenkaffee sorgte Frau Schreiber, desgleichen für das zweite Frühstück, Vesper und Abendesssen. Zu Mittag speiste er im nahe gelegenen Gasthof „Zur Schneekoppe", der der Familie Exner gehörte. Im Schreiberschen Garten stand für ihn eine mit wildem Wein umrankte Laube zur Verfügung, wo er ungestört arbeiten konnte. Spät am Nachmittag und Abend begab er sich auf Spaziergänge. Seine Lieblingswege führten ihn durch den Wald in die östlich von Krummhübel gelegenen Orte Ober-Steinseiffen und Wolfshau. Dabei kam er auch am damals noch einsam gelegenen Gasthaus „Zum Rabenstein" vorbei. Benannt war es nach dem Rabenfelsen, einem lohnenden Ziel für Mineraliensammler, die dort Ame-

thyste fanden. Gern kehrte Fontane beim „Rabenwirt" Ehrenfried Brauner ein und fühlte sich in der Gaststube heimisch. In seinem Riesengebirgsroman „Quitt" hat später das Gasthaus unter dem Namen „Rabenklippe" Eingang gefunden. Heute befindet sich an dieser Stelle ein modernes Hotel.

Am 24. Juli 1884 schrieb Fontane an seine Frau Emilie:

„Mit mir geht es mäßig. Verkehr und Plauderei hab ich genug, was auch noth thut, wenn man hier aushalten soll. Denn der Ort ist kolossal langweilig; ich kann die Berge nicht in einem fort bewundern und noch weniger sie besteigen. Jeder Blick ins Freie ist nach 24 Stunden gleich hübsch. Man muss ein Imbecile [Dummkopf] sein, um sich über das Koppenhaus zu freun und 2 mal ein Imbecile, um im Koppenhaus mit Vergnügen eine Nacht zuzubringen."

Aus diesem Brief ergibt sich, dass Fontane den Koppengipfel mit dem Koppenhaus kannte und dort wohl auch schon übernachtet hatte, nämlich bei seiner Tour von Erdmannsdorf aus im Jahr 1868. Dieser Brief zeigt aber auch, dass Fontane in starkem Maße von Stimmungen abhängig war. In einem etwas später geschriebenen Brief an seine Frau (9. 8. 1884) sollte er Krummhübel loben und Berlin schlecht machen.

Über den im Brief auch angesprochenen Verkehr mit Feriengästen hatte er schon früher mitgeteilt, dass er bereits am ersten Abend von den Schwerins eingeladen wurde. Sie wohnten im „Alexandrinenbad" in einem ruhigen Seitental Ober-Krummhübels. Alle drei bis vier Tage war er bei ihnen zum Mittagessen. In Wernigerode hatte er 1880 den Reichsgerichtsrat von Graevenitz kennen gelernt, der jetzt mit Frau, Sohn und später auch Tochter den Urlaub in Krummhübel verbrachte. Graevenitz hatte sich bei ihm im „Augustabad" gemeldet. Beim Mittagessen im Gasthof „Zur Schneekoppe" traf er mit der Familie täglich zusammen. Dort begegnete ihm auch der Berliner Arzt Dr. Schönberg, ein Neffe des Dichters Scherenberg.

In den Briefen an seine Frau nannte Fontane weitere Feriengäste, mit denen er Kontakt hatte: Prof. Hoppe, Lehrer am Gymnasium zum Grauen Kloster in Berlin und tätig für den Verlag Langenscheidt, mit Frau, Oberlehrer Dr. Proske (richtig Poske) vom Askanischen Gymnasium in Berlin mit Frau und Gymnasial-Direktor Bouterwe(c)k mit Frau, die im schlesischen Bunzlau ein Gymnasium mit Internat leiteten. Er berichtete auch, dass er am 30. Juli mit Schwerins, Bouterwe(c)ks und Geheimrat Bensen, dem Vorsitzenden des Eisenbahn-Kommissariats, eine Tagespartie nach Schreiberhau im westlichen schlesischen Riesengebirge unternehmen wollte. Dabei sollte auch die in ganz Schlesien und darüber hinaus bekannte Glasfabrikation „Josephinenhütte" besucht werden.

Im letzten Brief, den er in diesem Urlaub am 9. August an seine Frau schrieb, versuchte er sie zu überzeugen, dass sie sich von ihrer fieberhaften Erkrankung am besten in Krummhübel erholen könne:

„Wie Dir's hier gefallen wird, kann ich nicht wissen, aber selbst wenn du dich unsterblich langweilen und die Stunden zählen solltest, körperlich wohler wird Dir hier werden. Dafür verbürg' ich mich. Außerdem (und dies muss einmal ausgesprochen werden) was ist denn seit Jahr und Tag unser Berliner Leben nach der Seite des Interessanten hin? Etwas Langweiligeres ist doch kaum denkbar, so daß ich mit gutem Gewissen sagen kann, ich habe drei Wochen in Thale und nun hier in Krummhübel, vergleichsweise wie ein vornehmer junger Russe gelebt, der zum ersten Mal nach Paris kommt. Ich habe hier mehr Personen gesprochen, mehr Conversation gemacht, mehr Fragen berührt, mehr Lob und Freundlichkeit eingeerntet, als in Berlin in einem ganzen Jahre."

Annakapelle bei Seidorf.
Stahlstich von W. C. Wrankmoore nach einer Zeichnung von L. Richter.

Fontanes Frau kam ziemlich elend nach überstandener ernstlicher Erkrankung in Krummhübel an, erholte sich aber rasch. An Tochter Martha schrieb er am 27. 8., dass er gemeinsam mit Emilie eine Tagespartie zur Annakapelle unternommen habe, die einsam in der Mitte des Gebirges liegt. Sie seien neun Stunden unterwegs gewesen, von denen gut die Hälfte marschiert wurde. Auch das Mittagsmenü beschrieb er ganz genau, das mit Weinsuppe, Forellen und Eierkuchen seinen Beifall fand. Nur mit der Größe der Portionen war er nicht einverstanden.

In diesem Brief an Martha berichtete er auch eine amüsante Begebenheit in Krummhübel:

„Wir leben hier in der alten Weise weiter. Bekannte und Nicht-Bekannte sind abgereist, aber neue Figuren tauchen auf, sogar Türken. Neulich erschienen fünf in einem offenen Wagen und setzten durch ihre roten Feze alles in Erstaunen. Auch Mama begegnete ihnen und wurde der Gegenstand einer türkischen Ansprache, über deren Inhalt – vielleicht huldigend, vielleicht furchtbar, vielleicht beides – nur Mutmaßungen gestattet sind. Mama raffte aber sich und ihr Türkisch zusammen und antwortete mit Würde: ‚Allah il Allah'. Wirkung unbestimmt. Von bestimmterer Wirkung war dagegen eine zweite Repressalie, die der hier anwesende Kunsthändler Ruthardt und ich am anderen Tag nahmen, als wir hörten, dass die Türken bei Exner seien und dort im Freien dinierten. Wir beschlossen auf diese Nachricht hin auch im Fez zu erscheinen, führten unseren Plan aus, und begrüßten unsere Fez-Brüder, als wir, an ihrem Tisch vorbei, auf unsren Eßtisch zuschritten. Sie müssen dadurch durchaus den Eindruck von dem Fortschreiten des Islam empfangen haben; als sie aber, am selben Abend noch, dieser Anschauung Ausdruck geben und oben auf der Koppe den dort anwesenden Harfenmädchen ihre Landessitte menschlich näherführen wollten, wurden sie vom Koppenwirt, der noch zu den alten Göttern hält, an die Luft gesetzt. Du siehst, selbst Krummhübel hat seine orientalische Frage."

Otto Brahm (1856–1912), Gründer der „Freien Bühne".

Wie Fontane im Tagebuch vermerkte, las er in diesem Urlaub das „Kleistbuch“ von Otto Brahm. Der Autor, den er gut kannte, war ein damals bekannter Publizist und Kritiker. Er gehörte zu den Gründern der „Freien Bühne“ in Berlin. Im Jahr 1884 übernahm er die Direktion des „Deutschen Theaters“. Außerdem las Fontane, wie er ausdrücklich vermerkte, die 1848 gegründete und bis 1938 bestehende „National-Zeitung“, ursprünglich eine bürgerlich-liberale Zeitung, später Parteiorgan der bismarcktreuen National-liberalen Partei.

In diesem Urlaub befasste sich das Ehepaar Fontane auch mit der Geschichte ihrer Familie, und er arbeitete an seiner Novelle „Cécile“, die dann aber als Roman veröffentlicht wurde. In diesem Werk gibt es Anspielungen auf Schlesien. So ist Cécile in einer kleinen oberschlesischen Stadt geboren, und auch die Stadt Liegnitz spielt eine Rolle. Außerdem nahm er die Endkorrektur für die Buchausgabe seines Romans „Graf Petöfy“ vor. Über den Sommerurlaub insgesamt vermerkte Fontane im Tagebuch:

„Die ganze Krummhübler Zeit war so angenehm wie kaum irgendein Sommeraufenthalt früherer Jahre, was zur Hälfte an der Bravheit und Freundlichkeit der Wirtsleute, zur anderen Hälfte an den netten Leuten lag, die wir dort trafen.“

Fontane hatte sich offensichtlich, entgegen seiner pessimistischen Einstellung zu Beginn des Urlaubs, erholt und seine Gesundheit gefestigt. Die „netten Leute“, denen er und seine Frau in Krummhübel begegneten, zählte er entsprechend seiner Gewohnheit im Tagebuch auf: Außer den schon genannten, Schwerins und Graevenitzens, lernte er auch die Schwägerin von Frau von Graevenitz, eine Frau Oberforstmeister Müller, kennen. Wahrscheinlich im Hause Schreiber traf er zwei Lehrer vom Gymnasium „Graues Kloster“ in Berlin, den schon genannten Prof. Hoppe, ferner Prof. Simon. Erwähnt wurde auch schon der Kunsthändler Ruthardt, der in Berlin Mitinhaber der Kunsthandlung Ruthardt und Amsler war. Fontane nennt weiterhin Frau Wietersheim mit „5 schönen Töchtern“ und die Familie Grosser, zu denen zwei Brüder gehörten. Einer von ihnen, Karl, war Bau- und Zimmermeister in Schmiedeberg, der andere, Theodor, ein reicher

Georg Friedlaender (1843–1914). Bleistiftskizze von H. Figge.

Rohmetall-Großkaufmann aus Berlin. Er besaß eine Sommervilla in Hohenwiese bei Schmiedeberg. Einigen von den genannten Personen sollte Fontane bei späteren Aufenthalten im Riesengebirge erneut begegnen.

Von größter Bedeutung für ihn sollte aber die Bekanntschaft mit dem Schmiedeberger Amtsrichter Dr. Georg Friedlaender werden, der sein wichtigster Briefpartner im Alter wurde. 276 Briefe, darunter einige Postkarten, hat Fontane ihm und gelegentlich seiner Frau bis zu seinem Tode geschrieben. In den folgenden Jahren trafen sich Fontane und Friedlaender immer wieder im Riesengebirge, entweder in Schmiedeberg oder an Fontanes jeweiligem Urlaubsort. An der Feier zu Ehren des 70. Geburtstags des Dichters im Jahr 1889 in Berlin nahm Friedlaender teil. Im Sommer 1891 reisten sie gemeinsam nach Wyk auf Föhr, und als Fontane nach 1892 das Riesengebirge nicht mehr aufsuchte, begegneten sie sich in Karlsbad.

Wer war dieser Georg Friedlaender? Als im Jahr 1843 Geborener war er fast ein Vierteljahrhundert jünger als Fontane. Er entstammte einer angesehenen jüdischen Gelehrtenfamilie in Berlin, die zum protestantischen Christentum konvertiert war. Sein Urgroßvater David (1750–1834) war ein Schüler von Moses Mendelssohn. David Friedlaender machte sich einen Namen als Reformschriftsteller, war bekannt mit dem Komponisten Carl Friedrich Zelter und stand durch dessen Vermittlung als Sammler antiker Kunstgegenstände mit Goethe im Briefwechsel. Sein Sohn Benoni (1773–1858) lebte ganz seinen wissenschaftlichen Neigungen als Autographen- und Münzsammler. Der mittlere Sohn Benonis, Gottlieb (1805–1878), trat in die königliche Bibliothek ein und leitete ab 1842 nebenamtlich die Bibliothek der Kriegsschule. König Friedrich Wilhelm IV. berief ihn 1853 in das Preußische Geheime Staatsarchiv, wo er bis zum Geheimen Archivrat aufstieg.

Sein Sohn Georg wuchs im Gebäude der Kriegsschule in Berlin auf, besuchte dort das Französische Gymnasium und studierte die Rechte. Sein Studium wurde durch den Krieg

Schmiedeberg (Luftbild, dreißiger Jahre).

von 1866 unterbrochen, in dem er Soldat wurde und an der Schlacht von Königgrätz teilnahm. Die Vorbereitungszeit für den Staatsdienst absolvierte er in Schmiedeberg. Im Krieg von 1870/71 war er Leutnant der Reserve, wurde nach einem Gefecht bei Orléans mit dem Eisernen Kreuz ausgezeichnet, dann aber wegen Typhusverdachts in die Heimat geschickt. Die Ruhezeit nutzte er zur Promotion. Die weitere Ausbildung führte ihn wieder ins Riesengebirge, nach Hirschberg. Dort lernte er seine spätere Frau Elisabeth Tillgner (1854–1919) kennen, die Tochter des Landwirts und Juristen Heinrich Tillgner. Der Vater war als Verwalter der Güter für die Fürsten Hohenlohe in Oberschlesien tätig gewesen. Zu Beginn des Jahres 1877 wurde Dr. Georg Friedlaender zum Kreisgericht Bromberg als Staatsanwaltsgehilfe versetzt, und 1879 ernannte man ihn zum Amtsrichter in Schmiedeberg, wo er später Amtsgerichtsrat wurde und bis zu seinem Tode blieb.

Aus der Ehe Friedlaender waren zwei Kinder hervorgegangen, die auch in den Briefen Fontanes häufig erwähnt wurden: die spätere Johanniter-Schwester Elisabeth (1877–1952), in den Briefen auch „Lütti“ genannt, und ein Sohn Hans (1882–1948), der als Rechtsanwalt in Berlin tätig war. Als er im Dritten Reich Berufsverbot erhielt, zog er sich ganz nach Schmiedeberg zurück. Aus Verzweiflung über die Lostrennung seiner Heimat von Deutschland schied er 1948 freiwillig aus dem Leben.

Schmiedeberg ist eine lang gestreckte Bergstadt, im östlichen Riesengebirge im Tal der Eglitz nordöstlich von Krummhübel gelegen. Die kleine Stadt mit einigen tausend Einwohnern und alter Bausubstanz verdankt ihre Entstehung den Bodenschätzen, die dort vorkommen, vor allem der einzigen größeren Lagerstätte von Magneteisenstein in Deutschland. Der Bergbau geht urkundlich auf das 14. Jahrhundert zurück, ist aber möglicherweise sogar noch 200 Jahre älter.

Sicher ist die Bekanntschaft zwischen Fontane und Friedlaender durch die Initiative des Letzteren zustande gekommen. Er war genauso wie Fontane das, was man damals mit dem französischen Wort „Causeur“ bezeichnete, das heißt ein Mann, der es verstand, geistreich und unterhaltsam zu plaudern. Friedlaender war daran interessiert, in seinem Umfeld und auch unter den Feriengästen bekannte Namen zu finden und ihm bedeutend erscheinende Menschen kennen zu lernen. So hatte er unter dem in der Gegend ansässigen Adel zahlreiche Bekannte. Seine Freunde lud er in sein gastliches, bis heute erhaltenes Haus in der Ruhberger Straße 2 in Nieder-Schmiedeberg ein. Das Haus war mit Erbgut gediegen, aber gleichzeitig gemütlich eingerichtet. Schon in diesem Urlaub 1884 kam es zu mehreren Begegnungen zwischen Fontane und Friedlaender, wie Fontanes Briefe ausweisen.

Als Anfang September der fast siebenwöchige Urlaub in Krummhübel zu Ende ging, verbrachten Fontane und seine Frau noch einen Tag im friedlaenderschen Haus in Schmiedeberg. Sie sollten sich dort später noch häufig aufhalten. Dann fuhren sie gemeinsam mit der Bahn bis nach Kohlfurt. Dort trennten sich ihre Wege. Emilie reiste weiter nach Gut Neuhof zu den Treutlers, wo sie stets Erholung von Haushalt und Familie suchte und fand. Theodor fuhr direkt nach Berlin. Er musste Rücksicht darauf nehmen, wann die Berliner Theater wieder mit der Spielzeit begannen. Von Berlin aus setzte er den Briefwechsel mit Friedlaender fort.

2. Drei und einen halben Monat in Krummhübel – Sommer 1885 Der Entwurf zum Roman „Quitt" entsteht

Am l. Juni 1885 reiste Fontane zunächst allein erneut nach Krummhübel. Er spürte, dass er sich dort gut erholte und ungestört arbeiten konnte, und so blieb er dieses Mal drei und einen halben Monat bis Mitte September im Riesengebirge. Schon nach dem Urlaub im Sommer 1884 hatte er seinem neu gewonnenen Freund, dem Schmiedeberger Amtsrichter Dr. Georg Friedlaender, brieflich mitgeteilt, dass er beabsichtige, sich auch im kommenden Jahr wieder nach Krummhübel zu begeben. Ganz gegen seine sonstige Gewohnheit war

Das Friedlaender-Haus in Schmiedeberg. Ruhberger Straße 2.

Ecke im Arbeitszimmer von Georg Friedlaender.

der Aufenthalt im Riesengebirge während des Sommers 1885 gut vorbereitet. So war festgelegt, dass er wie im Vorjahr wieder bei Familie Schreiber in der Mitte des Dorfes wohnen und ebenfalls wie 1884 im nahe gelegenen Gasthof „Zur Schneekoppe" zu Mittag essen würde.

Fontane kam also am l. Juni mit „Sack und Pack" in Krummhübel an. Das war damals, wie schon gesagt, üblich und auch notwendig, denn vieles, wie z. B. das Bettzeug, musste in den Urlaub mitgenommen werden. Der Krummhübeler Fuhrmann Siebenhaar hatte ihn zum ersten Mal mit dem Zweispänner schon am Bahnhof in Hirschberg abgeholt, um das bei dem vielen Gepäck lästige Umsteigen nach Schmiedeberg zu vermeiden. Auf der Pritsche des Wagens war hinten ein Reisekorb festgeschnallt und vorn, neben dem Kutscher, stand senkrecht ein großer Lederkoffer.

Gleich nach seiner Ankunft berichtete Fontane seiner Frau Emilie in einem Brief, Krummhübel habe ihn mit einem herrlichen Regenbogen empfangen. Außerdem habe sich gleich „ein entzückender Vogel, weiß und schwarz (aber viel graziöser als die Preußen sind)" aufs Fensterbrett gesetzt, um ihn zu begrüßen. „Ich kann den Friedensbogen und eine poetische Vogelstimme gleich gut gebrauchen, jenen zum Abschluß, diesen zum Anfang." Weiter teilte er mit, dass die „guten Schreibers", er, sie und das Hausmädchen Anna (oder „die Anna, wie es hier heißt") ihn sehr liebenswürdig empfangen hätten. Alles sei sogleich ausgepackt worden, sogar der Arbeitstisch hätte wie im Vorjahr schon wieder am Fenster gestanden. „Das die Markstücke nicht zu fest in der Tasche halten, hat doch auch seine Vorzüge!", meinte er im Hinblick auf das Trinkgeld.

Bereits am übernächsten Tag, dem 3. Juni, schrieb er erneut an Emilie. Aus diesem Brief geht die Zufriedenheit mit seinem gesundheitlichen Befinden hervor:

„Krummhübel, 3. Juni 1885

Meine liebe Frau.

Die Luft beginnt ihre gute Wirkung zu äußern, d. h. ich werde appetitlos, woran ich recht sehe, daß ich kein Fresser vom

Fach bin, sondern in Berlin das viele Schinkenfutter nur brauche, um meine Nerven in einigermaßen leidlicher Verfassung zu halten. Sowie ich Ozon habe, brauche ich weiter nichts und lebe von der Luft. Gestern 3 kl. Zwieback zum Kaffee, Diner für 9 Sgr., 1 Tasse Kaffee, 2 Tassen Thee mit einem kleinen Stückchen Brot, c'est tout. Frau Schreiber schickte mir 4 Stückchen Brot, ich schickte aber 3 zurück, weil ich nicht ohne Noth mehr essen wollte als nöthig. Auf diese Weise komme ich wieder in Ordnung und werde die kleinen Leber- und Gallenbeschwerden los."

Anzumerken ist zu dieser Briefstelle noch, dass früher, ganz im Gegensatz zu unserem heutigen Wissen, Ozon als Merkmal für gute Luft in den Erholungsgebieten galt. Sommerfrischen betrieben mit ihrer „ozonhaltigen Luft" sogar Werbung. Tatsächlich ist der „würzige Geruch" von Waldluft nicht auf Ozon, sondern auf terpenhaltige Ausscheidungen der Nadelgehölze zurückzuführen.

Seine Spaziergänge führten Fontane meist auf den 628 m hohen, bewaldeten Pfaffenberg, der zwischen Krummhübel und Ober-Steinseiffen liegt. Er nutzte aber seinen Urlaub nicht nur zur Erholung, sondern auch zu ungestörter literarischer Arbeit. Zunächst schrieb er einen Nachruf auf seinen gerade verstorbenen Freund, den Schriftsteller und Offizier Bernhard von Lepel. Dann aber wandte er sich dem Entwurf seines neuen Werkes zu, einem Roman, der den Titel „Quitt" erhielt. Kurz vor seinem Urlaub konnte er seine Kriminalgeschichte „Unterm Birnbaum" abschließen. Sie war zunächst für die damals sehr verbreitete illustrierte Familienzeitschrift „Die Gartenlaube" bestimmt. Adolf Kröner, der Herausgeber und Verleger dieses Blattes, hatte ihn um einen neuen Beitrag gebeten. Bei „Quitt" sollte es sich um einen Roman handeln, dessen erster Teil im Riesengebirge spielt, während der Schauplatz des zweiten ein Indianerterritorium der USA ist. Von den jetzt acht Jahre zurückliegenden Vorkommnissen, die der Kriminalgeschichte zugrunde liegen, war Fontane schon im Urlaub 1884 etwas zu Ohren gekommen. Sie wurden in Krummhübel und Umgebung noch immer diskutiert. Die ersten Informationen zum Verbrechen hat er mit Sicher-

Das frühere Forsthaus Wolfshau-West.

heit von Georg Friedlaender erhalten, der es als Jurist allerdings auch nur aus den Akten kennen konnte. Entgegen einer gelegentlich geäußerten Ansicht kann er mit der Untersuchung des Falls nicht befasst gewesen sein, denn zu Beginn des Tatjahres 1877 wurde er für zwei Jahre nach Bromberg versetzt und kam erst 1879 nach Schmiedeberg. In einem Brief vom 26. 3. 1885 an Friedlaender sprach Fontane den „Förster- und Wilddieb-Stoff" an und gab der Hoffnung Ausdruck, im nächsten Sommer Details zu erfahren. Als weiterer Informant kommt Ehrenfried Brauner, der Wirt des Gasthauses „Zum Rabenstein", infrage.

Bereits im Sommer 1884 hatte Fontane auch den Krummhübeler Lehrer August Lösche kennen gelernt, der gleichzeitig für die Postagentur zuständig war. Jetzt, am 3. Juni 1885, bat er Lösche zu einem Gespräch ins schreibersche Haus, denn er hoffte, von dem Lehrer ins Einzelne gehende Informationen über das Verbrechen des Sommers 1877, die Ermordung des Försters Frey durch einen Wilderer, zu erhalten. In dem zitierten Brief vom 3. Juni an seine Frau erzählte Fontane, dass Lösche beinah zwei Stunden bei ihm war und „den Novellenstoff in aller Seelenruhe vortrug" und ihm darüber hinaus die Formation des Gebirges erläuterte.

Von Lösche erfuhr Fontane Folgendes: Am 21. Juni 1877 hatte der Förster Wilhelm Frey sein Forsthaus in Wolfshau, einer kleinen Kolonie südöstlich von Krummhübel, verlassen und sich in sein Revier begeben. Er stand im Dienst des Reichsgrafen Schaffgotsch, des größten Grundbesitzers im Riesengebirge. An diesem Tage, es war ein Sonnabend, wollte er seine Waldarbeiter entlohnen. Im westlichen Teil des Reviers stieg er über die Schlingelbaude auf zur 1258 m hoch gelegenen Hampelbaude, einem Berggasthof, der wie die meisten Gebirgsbauden aus einer ehemaligen Viehweidenwirtschaft hervorgegangen war. Dort kehrte er ein und wurde zum letzten Mal lebend gesehen. Zum Heimweg hatte er sich auf einen Jägerpfad begeben, einen Pirschweg, der an der Baumgrenze parallel zum Gebirgskamm nach Osten ver-

Die Hampelbaude zur Zeit Fontanes.

Hampelbaude bei Brückenberg i. Rsgb. (4648)

Hampelbaude

Post Brückenberg.

Aelteste Baude im Riesengebirge. Gast- u. Logierhaus mit 24 der Neuzeit entsprechenden Fremdenzimmern, mit guten neuen Betten, **pro Bett von 1 Mk. an.** Für Vereine und Schüler ermässigte Preise. Im Winter schönste Hörnerschlittenfahrt. Das ganze Jahr vom Wirth bewohnt. Telegramm-Adresse: Hampelbaude, Riesengebirge.

Hochachtungsvoll
F. Krauss, Bes. u. Pächter der Teichbaude.

läuft. Der Weg führt unterhalb der Seifengrube vorbei und mündet dann in den von der Kleinen Koppe (1375 m) talwärts führenden Gehängeweg. Der steile nördliche Abfall der Kleinen Koppe wird das „Gehänge" genannt.

Der Förster kehrte an diesem Abend nicht aus dem Revier zurück, was aber wohl nicht ungewöhnlich war, denn man vermisste ihn zunächst nicht und begann nicht vor Montag nach ihm zu suchen. Erst eine Woche später fand man ihn. Er lag am Rande des Pirschweges unter einem Latschenkiefernbusch, im Riesengebirge Knieholz genannt. Durch eine Schrotladung waren beide Oberschenkelknochen und die Kniegelenke zerschmettert worden. Mit letzter Kraft konnte er sich anscheinend zum Schutz gegen die Witterung unter den Knieholzbusch schleppen. Dort muss er innerhalb von ein bis zwei Stunden verblutet sein. Man fand auch die leeren Hülsen aller Patronen, die Frey zu seinem Gang ins Revier mitgenommen hatte. Durch Abfeuern seines Gewehrs wollte er auf sich aufmerksam machen, doch im Tal hörte oder beachtetete niemand die Schüsse. Gefunden wurde bei ihm ferner sein Jägerkalender, in dem er vor seinem Tode mit einem Bleistiftstummel noch Eintragungen vorgenommen hatte. Dieser Kalender ist früher bei der Verwaltung des Grafen Schaffgotsch aufbewahrt worden. Hier ist der Wortlaut der Eintragungen:

„Die Kräfte verlassen mich um 1/2 9 Uhr,
geschossen bin ich ungefähr um 1/2 8 Uhr.
Herr Graf! Sorgen Sie für mein Weib und meine Kinder, Frey.
Wenn ich sterben sollte, ehe ich gefunden werde, so wisse man, daß ich von einem Wilddieb geschossen bin, das war ganz nahe mit Doppelflinte.
Liebes treues Weib und liebe Kinder, Eltern und Geschwister lebt wohl.
Ich bitte den Herrn Grafen, daß er Euch versorgen mag, da ich mein Blut in seinem Dienst vergossen. Lebt wohl, Gott sei mir gnädig.
Mein gutes liebes Weib, meine lieben Kinder, werdet gute Menschen und betet für mich.
Ich habe fürchterliche Schmerzen, o Gott erbarme Dich meiner.
Herr Graf, sorge für die Meinigen, ich habe mein Blut für Dich vergossen.
Gott, in deine Hände befehle ich meine Seele, erlöse mich.
Ich schreie so laut und kein Mensch hört mich.
Gott erlöse mich, o Kinder, betet für Euren Vater und denkt nicht auf Rache.
Gott vergebe meinem Mörder und erbarme sich meiner.
Meine Leiden sind groß."

Die Hampelbaude heute.

Blick auf Wolfshau (dreißiger Jahre).

Dort, wo der Förster in 1225 m Höhe vom Wilderer angeschossen wurde, haben seine Kollegen, die anderen Förster des Grafen Schaffgotsch, einen Gedenkstein aufgestellt. Über diese Stelle hinweg verläuft heute die Sessellift-Strecke von der Teichmannbaude zur Bergstation westlich vom Gipfel der Kleinen Koppe. Ein paar Schritte bergwärts, wo Förster Wilhelm Frey starb, legte man ein Steinmal in Kreuzform mit seinen Initialen an.

Auf einer am Tatort zusammengeschlagenen Tragbahre wurde der Tote ins Tal gebracht und nach Obduktion in seinem Forsthaus aufgebahrt. Hier nahm man auch ein Protokoll auf, und es erfolgten die ersten Verhöre. Die Beisetzung von Wilhelm Frey fand in Anwesenheit von Leopold Graf Schaffgotsch und seinen Förstern auf dem katholischen Friedhof in Arnsdorf statt, dem zu der Zeit auch für Krummhübel und Wolfshau zuständigen Kirchdorf. Die Waldarbeiter legten einen großen Stein auf den Sarg, damit entsprechend einer abergläubischen Volkssitte der Geist des Ermordeten Ruhe finde. Der Stein wurde später beim Bau der katholischen Kirche in Krummhübel eingemauert.

Wilderei war genauso wie der Schmuggel an der nahen preußisch-österreichischen Grenze unter der armen Gebirgsbevölkerung sehr verbreitet. Erst wenige profitierten vom allmählich zunehmenden Fremdenverkehr. So wurden eine ganze Reihe von Personen, die als Wilddiebe bekannt waren, der Tat verdächtigt. Schließlich konzentrierte sich der Verdacht auf zwei Männer, von denen der eine namens Knobloch in Krummhübels westlichem Nachbarort Querseiffen wohnte. Er kam in Untersuchungshaft, musste aber mangels eindeutiger Beweise wieder freigelassen werden. Heimlich wanderte er nach Amerika aus, wo sich seine Spuren verloren. Entgegen manchen damals verbreiteten Gerüchten hat man auch nie wieder etwas von ihm gehört. Der zweite Hauptverdächtige, der in Krummhübel wohnte, gab zu, am Todestag von Förster Frey auf erfolglosem Anstand im Revier gewesen zu sein. Durch die gehäuften Schüsse in seiner Nachbarschaft sei er in Panik geraten und davongerannt. Auch ihm konnte man die Tat nicht nachweisen, und durch

Arnsdorf (dreißiger Jahre).

die heimliche Auswanderung des Knobloch wurde er zusätzlich entlastet. Die Ermordung des Försters Frey hat die Einwohner von Krummhübel und Wolfshau noch jahrzehntelang bewegt, doch das Verbrechen konnte nie endgültig aufgeklärt werden.

Fontane begann nach dem Bericht des Lehrers Lösche sofort mit dem Entwurf seines Romans, wobei er zunächst von einer Novelle sprach. Es sollten noch fünf Jahre vergehen, bis das Werk vorab und in gekürzter Form in der Zeitschrift „Die Gartenlaube" veröffentlicht wurde. Bald danach erschien es auch ungekürzt als Buch. Von Anfang an war Fontane entschlossen, den Roman zu teilen, den ersten Teil im Riesengebirge spielen zu lassen, den zweiten Teil aber in Amerika, und zwar in einer Mennonitensiedlung. Er ging also von einer Täterschaft des Knobloch aus. In Zusammenhang damit bat er seine Frau brieflich, ihm bei der Beschaffung von Informationen über die Mennoniten behilflich zu sein. Etwas später wandte er sich mit der gleichen Bitte an seinen Sohn Friedrich, der sich zu der Zeit in Westpreußen aufhielt. Fontane wusste, dass viele der nach Amerika ausgewanderten Mennoniten zuvor in Westpreußen ansässig gewesen waren. Friedrich konnte seinem Vater offensichtlich die gewünschten Informationen zukommen lassen.

Die Orte im Riesengebirge, in denen sich die Geschehnisse im ersten Teil des Romans abspielen, sind Wolfshau, Krummhübel und das schon genannte Arnsdorf, etwas weiter talwärts in Richtung Hirschberg gelegen. Der Revierförster im Roman heißt Opitz, sein Gegenspieler, der Wilderer, ist der Stellmacher Lehnert Menz. Beide wohnen in Wolfshau, der Förster im Forsthaus (später Wolfshau-West), das bis 1945 eine der beiden Förstereien des Ortes war. Es steht heute noch, und eine Zeit lang war in ihm die örtliche Verwaltung des Nationalparks Riesengebirge untergebracht. Der Lehnert Menz des Romans wohnt auf einer Art Insel, die vom Gebirgsbach Kleine Lomnitz umflossen wird. Eine derartige Stelle gibt es heute in Wolfshau nicht, und es kann sie auch nicht zur Zeit Fontanes gegeben haben. Die Kleine Lomnitz war ein Wildbach, der bis zu seiner Regulierung

Die Kleine Lomnitz in Krummhübel.

Ende der dreißiger Jahre des 20. Jahrhunderts nach starken Regenfällen häufig sein Bett verlegte und schwere Verwüstungen anrichtete. Niemand hätte auf einer von dem Wildbach umflossenen Insel auf Dauer ungestört leben können. Wahrscheinlich hat Fontane die Vorstellung von der Insellage vom tatsächlichen Haus des Knobloch in Querseiffen, das auf einer Art Insel stand, übernommen. Die Lagebeschreibung des Forsthauses, das sich im Roman unmittelbar neben der Kleinen Lomnitz befindet, stimmt mit der Wirklichkeit ebenfalls nicht überein. Tatsächlich liegt das Forsthaus einige hundert Meter von der Lomnitz entfernt, aber nahe an einem kleineren Gebirgsbach, dem Giftseifen.

Das Geschehen im Roman „Quitt" ist eingebettet in die Zeit des zunehmenden Fremdenverkehrs im Riesengebirge, wie sie Fontane vertraut war. Für viele Personen, die im Roman auftreten, haben entweder Einheimische oder Feriengäste, die er kannte, Modell gestanden. Die Namen hat er zum Teil beibehalten, teilweise verfremdet. So heißt beispielsweise der Wirt des Gasthofs „Zur Schneekoppe" im Roman wie der tatsächliche Exner, und der Krummhübeler Lehrer behält den Namen Lösche. Dem Arnsdorfer Pfarrer dagegen hat er im Roman den Namen des Krummhübeler Fuhrmanns Siebenhaar gegeben, wobei Exner und Siebenhaar im Riesengebirge sehr verbreitete Namen waren. Die Aufbahrung des erschossenen Försters und die amtlichen Untersuchungen verlegte er vom Forsthaus in den Gerichtskretscham von Krummhübel, der an der Abzweigung des Weges nach Wolfshau von der Dorfstraße liegt. Auf seinen Ausflügen kam Fontane dort häufig vorbei.

Fontane war übrigens nicht der Ansicht, dass es sich bei Wilderei um ein Kapitalverbrechen handle. Es ist möglich, dass bei dieser Einstellung das alte Naturrecht auf Jagd eine Rolle spielt. An Tochter Mete schrieb er am 17. Juni 1885 aus Krummhübel:

„Auf dem Denkmal [für Förster Frey] steht: ‚Ermordet durch einen Wilddieb'. Ich finde dies zu stark. Förster und Wilddieb leben in einem Kampf und stehen sich bewaffnet, Mann gegen Mann, gegenüber; der ganze Unterschied ist, daß der eine auf d. Boden des Gesetzes steht, der andre nicht, aber dafür wird der eine bestraft, der andre belohnt, von ‚Mord' kann in einem ebenbürtigen Kampf keine Rede sein."

Die Tat, wie sie im Roman dargestellt wird, wäre juristisch auch nicht einfach zu beurteilen gewesen, wenn der Täter gefasst worden wäre. Förster Opitz ertappt Menz nämlich nicht beim Wildern, sondern dieser läuft in Verkleidung, aber mit einem Gewehr versehen, durchs Revier. Opitz will bei der Begegnung als Erster schießen, doch das Zündhütchen versagt. Erst dann gibt Menz die Schüsse ab, die zur tödlichen Verwundung von Opitz führen. Der Förster ist nicht sofort tot, sondern bleibt schwer verwundet am Tatort liegen. Menz hört seine Hilferufe im Tal, kann sie als Einziger zuordnen, macht aber keine Anstalten zur Hilfeleistung. Als man Opitz findet, gerät er in Verdacht, entkommt jedoch, als man ihm die Tat nachweisen kann, nach Amerika.

Nach einem wechselvollen Schicksal in der neuen Welt findet Menz schließlich Zuflucht in einer Mennoniten-Siedlung, die in einem Indianerterritorium südwestlich von St. Louis liegt. Nach den sonstigen geographischen Angaben, die Fontane im Roman macht, ist sie in Oklahoma zu lokalisieren, und zwar etwa dort, wo heute die Staaten Oklahoma, Arkansas und Texas zusammenstoßen. Oklahoma war damals noch kein Unionsstaat, sondern eine Reservation für verschiedene Indianerstämme. Menz wird ein geachtetetes Mitglied der Gemeinschaft von Mennoniten, obwohl er ihrem Patriarchen seine Tat gestanden hat. In den nahe gelegenen Bergen verunglückt er bei einer Rettungsaktion für einen Freund und stirbt, ehe man nach ihm zu suchen beginnt. Menz hatte sich nach seiner Tat stets gegenüber Opitz schuldig gefühlt, nicht wegen der abgegebenen Schüsse, sondern wegen der unterlassenen Hilfeleistung, als Opitz schwer verwundet liegen bleibt. Deshalb schreibt er als seine letzten Worte nieder: „Ich hoffe quitt!" So erklärt sich der knappe, etwas merkwürdig anmutende Titel des Romans.

Zu „Quitt" gibt es eine Reihe von Aspekten. Da ist zunächst die Schilderung der Natur des Riesengebirges, das dem Dichter vertraut genug war. Dann erweist sich im ersten Teil der Konflikt zwischen Förster Opitz und Lehnert Menz als entscheidend. Fontane behandelt ihn nicht kriminalistisch oder juristisch, sondern er bemüht sich, ihn psychologisch zu deuten. Schon seit der Militärdienstzeit im Deutsch-Französischen Krieg von 1870/71, als Opitz der Vorgesetzte von Menz war, gab es Probleme zwischen den beiden. Opitz hatte verhindert, dass Menz die verdiente Tapferkeitsauszeichnung erhielt. Nach der Rückkehr aus dem Krieg hatte er seinen Nachbarn wegen Wilderns angezeigt und ihn für einige Zeit ins Gefängnis gebracht. Als Menz erneut in Schwierigkeiten mit Opitz geriet und ihm wieder Anzeige und Gefängnis drohten, wollte er eine Art Gottesurteil herbeiführen. Er begab sich in Verkleidung ins Revier, und falls er Opitz begegnen sollte, musste es zur Auseinandersetzung kommen.

Schließlich besteht für den Roman auch noch ein politischer Aspekt. Lehnert Menz strebt aus der räumlichen und politischen Enge Deutschlands hinaus ins „freie Amerika", das Fontane allerdings nicht etwa wie das Riesengebirge aus eigener Anschauung kannte. Aus diesem Grund ist der zweite, in den Vereinigten Staaten spielende Teil des Romans nach Ansicht mancher Literaturkritiker schwächer als der erste.

Anzumerken ist, dass sowohl der tatsächliche Förster Frey als auch der mutmaßliche Täter Knobloch am Frankreichkrieg teilgenommen hatten, aber nicht im gleichen Truppenteil. Der Charakter des Försters Opitz im Roman entspricht weitgehend dem des Försters Frey in Wolfshau, wie er Fontane von Einheimischen geschildert wurde. Er galt als hart gegenüber Frau und Kindern und soll zur Gewalttätigkeit geneigt haben. Einige Zeitzeugen beurteilen ihn allerdings wohlwollender. Von der Persönlichkeit des Knobloch war Fontane so gut wie gar nichts bekannt. Der Lehnert Menz im Roman ist also eine von ihm gestaltete Figur, die mit Knobloch nur die Flucht nach Amerika gemeinsam hat.

Nach der Fertigstellung des Entwurfs für „Quitt", der zunächst ein Jahr liegen blieb, schrieb Fontane Verse, Gedichte und Balladen, darunter ein langes Bismarck-Gedicht, denn er beabsichtigte die Herausgabe einer neuen Gedichtsammlung. In dieser Zeit der Vorsaison war im Riesengebirge noch kein gutes Wetter, sondern es blieb ziemlich kalt. Frau Schreiber musste in Fontanes Stube zwei- bis dreimal täglich den Ofen heizen, damit er es einigermaßen warm hatte. Davon schrieb er aber nichts nach Hause. Am 13. Juni kam seine Frau Emilie nach Krummhübel, etwa zur gleichen Zeit auch Sohn George, der jedoch ein separates Quartier bezog.

Fontane hat den Krummhübeler Urlaub auch dazu benutzt, zu seinem im Entwurf vorliegenden neuen Roman Lokalstudien zu treiben. In einem seiner zahlreichen, noch der Herausgabe harrenden Notizbücher hat er vermerkt, welche

Vorarbeiten und Studien er vor Ort vornehmen wollte. Als Erläuterung zu einer Zeichnung (l), die sich im Manuskript von „Quitt“ befindet, steht auf S. 16:

„Dann muß ich Lokalstudien machen: l. Arnsdorf. 2. Seidorf. 3. Annen-Kapelle. 4. Wang. 5. Waldhaus. 6. Wolfshau und die Rabenklippen [Rabenstein]. 7. Goldener Blick und die Försterei. 8. Exner und der ‚Kretscham‘. Der Pfaffenberg. 9. Die Schneidemühle. 10. Die Schmiede. 11. Das Augustabad. 12. Zölfel [Laborantenhaus].“

Auf einem losen Blatt stehen Anmerkungen zu einer Schauplatz-Skizze im Manuskript:

„Die Punkte, worauf ich mich zu beschränken habe, sind folgende:

1. Von *Wolfshau* her (wo er als Försters Nachbar wohnen muß) den Melzer-Grund hinauf bis zum Koppenplan (Riesenbaude).
2. Arnsdorf, Krummhübel (Kretscham), Waldhaus, Brückenberg, Wang, Annen-Kapelle, Seidorf. – Alles andre wird nur mal genannt.“

Auf der Skizze ist links von der Försterei mit einem Punkt kenntlich gemacht, wo der Lehnert Menz des Romans wohnen soll. Eine weitere Skizze im Manuskript zeigt, wie sich Fontane das menzsche Anwesen vorstellte.

Zur Skizze sind die folgenden Stichwörter eingetragen:

„Baude (‚Goldene Aussicht‘) bei Krummhübel, Blick ins Thal, Krummhübel, Arnsdorf, Schmiedeberg (versteckt), Rabenklippen [Rabenstein].“

Mit „Goldener Blick“ oder „Goldene Aussicht“ wurde ein Aussichtspunkt an der Grenze von Ober-Krummhübel und Wolfshau bezeichnet.

Die genannten Schauplätze im ersten Teil des Romans „Quitt“ konnte Fontane von seiner Krummhübeler Unterkunft aus auf seinen Spaziergängen leicht zu Fuß erreichen. Das galt für das Forsthaus in Wolfshau und für die Örtlichkeiten in Krummhübel selbst. Ins Kirchdorf Arnsdorf – Krummhübel hatte zu der Zeit noch keine eigenen Kirchen – kam er häufig, weil dort Bekannte wohnten. Nun stand noch der „Tatort“ aus mit dem für Förster Frey errichteten Gedenkstein am Gehänge. Fontane bat den Lehrer Lösche, ihn und seine Frau dorthin zu führen, und zwar schon am zweiten Tag nach Emilies Ankunft. Die Tour erwies sich als ziemlich strapaziös, weil der Gehängeweg einer der steilsten Aufstiege im Riesengebirge ist und vom schreiberschen Haus aus 600 Höhenmeter bewältigt werden mussten. Fontane schrieb dazu an Tocher Mete in dem schon zitierten Brief vom 17. Juni:

„Das Denkmal, das die Graf Schaffgotsch'schen Förster ihrem durch einen Wilddieb erschossenen Kameraden gesetzt haben, steht nur 500 Schritte unter der Kleinen Koppe auf einem Felsvorsprung, der das ganze Hirschberger Tal mit seinen Bergen, Kuppen, Städten, Dörfern, Parks und Schlössern beherrscht. Sehr schön, auch für meine Arbeit wundervoll zu verwenden, um so mehr, als sich hoch oben schon alpine Sterilität, Krüppelkiefer, Knieholz und Moorgründe mit wucherndem Huflattich mit einmischen. Aber für Mama war es doch zuviel; wir hatten auf 1 $^1/_2$ Stunden gerechnet, und es dauerte 3 Stunden, eh wir hinauf waren, immer steilan, nirgends eine gerade Linie, wo man, im Gehen, mal ausruhen konnte. Und nun kam der Rückweg, der für die arme Frau wegen des Rucks im Körper, ebenso mühevoll und anstrengend war. Sie liegt nun heute noch im Bett; das Frühstück hat aber geschmeckt, und so denke ich, daß sie heute mittag bei Exners wieder wohlauf sein und wie ein alter Krieger von Anno 13, 14 und 15 mit Stolz und Freude auf ihre Erlebnisse zurückblicken wird. Das Material für meine Novelle habe ich nun zusammen."

Mit seinem Urlaub im Sommer 1885 war Fontane sehr zufrieden, und er war glücklich, dass er im Alter von 65 Jahren noch wandern konnte. An die mit ihm befreundete Mathilde von Rohr schrieb er am 13. Juli nach Dobbertin in Mecklenburg:

„Hier ist es wundervoll, und ich bin voll Dank, daß ich mit 65, wo doch die meisten schon sehr klapprig sind, noch so schöne glückliche Tage leben kann. Ich kann arbeiten, in die Berge gehn, mit freundlichen Menschen plaudern und genieße dabei vor allem des Vorzugs, eine bei jedem Atemzug mich erquickende Luft zu atmen. In Berlin kann ich eigentlich nicht leben, und wenn nicht die Theaterstellung wäre, auf die ich nicht gut verzichten kann – denn es ist das einzige halbwegs *Sichre,* was ich habe –, so würde ich Berlin aufgeben und in eine kleine Stadt ziehen, wie beispielsweise Schmiedeberg."

Hier drückte Fontane zum ersten Mal schriftlich einen Wunsch aus, den er schon seit geraumer Zeit hatte, nämlich Berlin zu verlassen und in dem Riesengebirgsstädtchen Schmiedeberg sesshaft zu werden. Nur seine Verpflichtungen als Theaterkritiker der Vossischen Zeitung hielten ihn von der Verwirklichung seines Wunsches ab, denn diese Tätigkeit brachte ihm die einzigen festen Einkünfte.

Gelegentlich kam in Krummhübel aber auch der ihm besonders im Alter eigene Pessimismus zum Ausdruck. Während des Mittagessens in Exners Gasthof hatte er das Gespräch eines Ehepaars am Nachbartisch mitgehört. Er hielt sie für sehr gebildete Leute, und sie unterhielten sich über die Urlaubslektüre. Die Ehefrau tat ihre Absicht kund, sich das letzte Buch der Heimburg, einer heute längst vergessenen Schriftstellerin, schicken zu lassen, um es nach der Veröffentlichung in der „Gartenlaube" und danach als Buch jetzt zum dritten Mal zu lesen. Dazu Fontane: „Ich glaube nicht, daß jemals ein Ehepaar irgendwo gesessen und über irgend etwas, das ich geschrieben, auch nur annähernd mit solcher Begeisterung gesprochen hat. Es fällt alles in den Brunnen!"

Mit Beginn der Saison gegen Ende Juni waren viele Urlauber nach Krummhübel und auch ins Haus Schreiber gekommen, wo maximal zwanzig Gäste wohnten. Fontane zählt die meisten von ihnen in seinem Tagebuch auf, dazu die vielen Bekannten außerhalb des Schreiberschen Hauses und zum Teil außerhalb Krummhübels, z. B. in Arnsdorf und Schmiedeberg. Fontane war sehr kontaktfreudig, worauf früher schon hingewiesen wurde, und so vermerkte er in seinem Tagebuch, dass der ganze Verkehr ihn lebhaft interessiere. Er meinte nur, das käme alles zwanzig Jahre zu spät. „Wozu der Lärm?" Zu seinen Wirtsleuten hatte er ein sehr

Schloss Neuhof bei Schmiedeberg.

gutes Verhältnis. Ein Angehöriger der Familie Schreiber berichtete später, dass der ja schon betagte Fontane eines Abends die vier Kilometer nach Arnsdorf gelaufen sei, um dort beim Arzt Dr. Heidenhain Hilfe für den jüngsten Sohn von Schreibers zu erbitten, der seit Tagen an schlimmen Zahnbeschwerden litt.

Die Kontakte außerhalb Krummhübels hatte Fontane im Wesentlichen seinem Schmiedeberger Freund Dr. Friedlaender zu verdanken. So wurde er Mitte Juli auf dessen Veranlassung vom Prinzen Heinrich IX. Reuß (aus der jüngeren Linie) nach Schloss Neuhof in Nieder-Schmiedeberg eingeladen. Das Schloss stammte im Kern aus dem 16. Jahrhundert, war aber unter dem derzeitigen Besitzer weitgehend gotisiert worden. Fontane sollte dort vor geladenen Gästen, meist Adligen aus der Umgebung, eigene Balladen vorlesen. Eigentlich waren ihm solche „Schaustellungen" zuwider, und er schrieb in einem Brief: „Ich bin zu solchen Arbeiten am Trapez doch nicht mehr jung und auch wieder nicht unbedeutend genug." Es war wohl auch das letzte Mal, dass er öffentlich vorgelesen hat. Man hatte ihn jedoch sehr liebenswürdig aufgenommen, und er traf auf Neuhof den Freiherrn Hermann von Rotenhan, der ihn auf Schloss Buchwald einlud. Während seines Erdmannsdorfer Urlaubs im Jahr 1868 hatte Fontane das Schloss auf einer Wanderung schon von außen gesehen.

Auch bürgerliche Bekannte Friedlaenders lernte Fontane kennen. Da ist zunächst der Schmiedeberger Albert Treutler zu nennen, verwandt mit den Treutlers auf Gut Neuhof bei Liegnitz. Er lebte als reicher Mann ohne Beruf in der Stadt, und um sein Haus rankten sich Klatschgeschichten, die sich Fontane von seinem Freund amüsiert brieflich berichten ließ.

Am Weg von Schmiedeberg nach Hohenwiese lag der Annenhof, der dem Geheimen Oberregierungsrat und Vortragenden Rat im Ministerium für Öffentliche Arbeiten in Berlin, Reinhold Stöckhardt, gehörte. Er hatte die Tochter Constanze des bereits erwähnten Schmiedeberger Baumeisters Karl Grosser geheiratet und sich von seinem Schwiegervater als Ferienhaus den Annenhof im Stil eines Florentiner Som-

Hotel zum „Goldenen Stern", Schmiedeberg.

merhauses erbauen lassen. Im Sommer 1885 lernte Fontane die Stöckhardts durch Friedlaender kennen.

Bei seinen Aufenthalten in Schmiedeberg kam Fontane gelegentlich in den altehrwürdigen Gasthof „Goldener Stern", dessen Wirt Kuring hieß. Von ihm erfuhr er Einzelheiten über manch interessante Begebenheit im Riesengebirge. Dreißig Jahre später hat Carl Hauptmann, der Bruder von Gerhart Hauptmann, diesem Gasthof im 9. Abenteuer seines Rübezahl-Buches ein literarisches Denkmal gesetzt.

Weitere mit Friedlaender gemeinsame Bekannte gewann Fontane im Krummhübeler Kirchdorf Arnsdorf. Es handelte sich um den Kommerzienrat Heinrich Richter, der in Arnsdorf eine Papierfabrik besaß, und um den Direktor Menzel dieser Fabrik. Eine besondere Schwäche hatte Fontane für die schöne Frau Richters, Marie, geb. Eberty. Ihr Vater, Felix Eberty, war Schriftsteller und Professor für Kriminal- und Naturrecht in Breslau.

Im August gab es bei Exners im Gasthof „Zur Schneekoppe“ zwei Veranstaltungen, die für Abwechslung sorgten. Zunächst fand eine Theatervorführung statt, zu der Fontane schrieb:

„Herr Exner spielte die Hauptrolle und bewies mir wieder, daß nichts häufiger ist als eine mittlere Theaterbegabung. Frau Exner stellte in einem lebenden Bilde die Germania. Sie sah grad so gut aus, wie Fräulein de Ahna [eine in dieser Zeit bekannte Berliner Schauspielerin], und das Bild war so, als ob es Karl Becker, der vor kurzem verstorbene Berliner Maler und Akademieprofessor, gestellt hätte. Und das alles in Krummhübel! Da wird man bescheiden. Wie klein sind doch die Unterschiede!“

Einige Tage später fand im Schneekoppen-Saal ein Tanzabend statt, bei dem sich Fontane und seine Frau so amüsierten, dass sie von 8 bis 12 Uhr blieben. (Die „Reunion“, wie er den Tanzabend auf Französisch bezeichnete, dauerte bis 4 Uhr, merkte er an.) Mittelpunkt des Festes waren sieben schneidige Leutnants aus Hirschberg, die brillant tanzten. Mehr als einmal hätten er und seine Frau gesagt:

„Wenn doch die arme Mete je so gute Tänzer gehabt hätte!“ Berliner Veranstaltungen wie Juristenball oder Schillerfest seien in Krummhübel übertroffen worden. Nur ein Berliner Musikdirektor erregte an diesem Abend das Missfallen Fontanes, weil er seinen Sitzplatz an der Tanzfläche nicht räumen wollte. Am nächsten Morgen erhielt er eine Karte, auf der stand: „Man kann ein Berliner Musikdirektor sein und doch den rechten Ton nicht treffen.“ Auch ein Skandälchen berichtete er von dieser Veranstaltung. Eine „auffallend

Kommerzienrat Heinrich Richter (gest. 1922), Besitzer einer Papierfabrik in Arnsdorf.

schöne Frau aus Berlin, märchenprinzessinartig und heftig umkurt" hätte neben den Leutnants im Mittelpunkt des Abends gestanden. Niemand hätte gewusst, wer sie war, bis der Zauber des Geheimnisses von rauer Hand mit einem einfachen Zusatz im Fremdenbuch weggewischt wurde, und der lautete: „Frau Registrator". Vier Stunden habe die tödlich beleidigte Schöne geweint und geschimpft, um schließlich mit ihrem Gatten Hals über Kopf abzureisen. Sie hätte ganz den Charakter einer abgesetzten Fürstengeliebten gehabt, fand der Dichter.

Von weiteren Ausflügen und Touren während dieses Sommers ist einiges bekannt. Eine seit langem geplante Tour zusammen mit dem Lehrer August Lösche, die zur Riesenbaude und dann weiter nach Spindlermühle und Schreiberhau verlaufen sollte, ist wohl unternommen worden. Berichtet wird auch von einem dreitägigen, sehr interessanten Ausflug, der bis nach Gablonz führte, und von der Rückkehr mit der Bahn nach Schmiedeberg.

Zum Schluss des Urlaubs war Fontane wieder allein in

Marie Richter, geb. Eberty (1858–1945), „Die schöne Frau von Arnsdorf" (Ehefrau von Heinrich Richter).

Krummhübel. Er beschäftigte sich mit der Korrektur seiner Novelle „Cécile". Die Saison war zu Ende, und er hatte das Gefühl, fast der einzige Gast zu sein, der noch als „le brave des braves" – der Tapferste der Tapferen – den Elementen trotzte. Es war inzwischen September geworden, und unfreundliches Wetter setzte ein. Wenn er durch Krummhübel ging, meinte er, dass die Krummhübeler ihm nachschauten und wünschten, dass er nun endlich verschwände. „Nicht unsere gute Frau Schreiber, aber die anderen sehen einen an, als wollten sie sagen: ‚Gott, ist der immer noch hier? Was will er nur? Er spioniert hier wohl rum?' Noch vierzehn Tage und es geht mir wie Trojan, dem die Leute schließlich verlegen, aber doch rund heraus erklärten: ‚Hören Sie, wir wären nun mal wieder gern allein.'" Johannes Trojan war damals als Schriftsteller und Schriftleiter der satirischen Zeitschrift „Kladderadatsch" ziemlich bekannt.

Anfang September, gerade als Emilie wieder in Berlin angekommen war, berichtete Fontane in einem Brief an sie, dass die richtersche Equipage mit Frau Richter, Direktor

Menzel und den Friedlaenders bei Exner vorgefahren kam. Aus einem geplanten Einkaufsgang nach Arnsdorf sei nun nichts geworden. Stattdessen habe man gemeinsam einen Spaziergang zum Waldhaus gemacht, zurück über Wolfshau. Unterwegs waren auch Pilze gesammelt worden – Pfifferlinge und Ziegenbart –, die abends bei Exner zubereitet wurden. Danach habe man verabredet, doch noch eine große Tour gemeinsam zu unternehmen. Um Einzelheiten zu besprechen, seien am nächsten Abend Frau Richter und ihre Schwester, Frau von Bülow, bei ihm vorgefahren. „Glücklicherweise war ich nicht im Nachthemd und alle Knöpfe zu." Bei dieser Tour scheint es sich um den bereits erwähnten Ausflug bis nach Gablonz zu handeln.

Vierzehn Tage später wollte Fontane sich kurz vor seiner Abreise von Richters in Arnsdorf verabschieden. Wieder kam ihm Frau Richter mit Tochter und Nichte entgegen. Sie machten gemeinsam einen Spaziergang nach Wolfshau und in den dort beginnenden Eulengrund hinein. Dabei erfuhr Fontane noch einiges über Frau von Bülow, geb. Eberty, was ihn sehr bewegte. Frau von Bülow war nämlich unter dem Pseudonym „Hans Arnold" als Schriftstellerin tätig. Er erfuhr jetzt, dass sie bereits ein ganzes Archiv von Huldigungsschreiben angelegt habe. Er reagierte genauso wie bei bei dem erwähnten Gespräch über die Schriftstellerin Heimburg, das er zu Beginn des Urlaubs im Gasthof „Zur Schneekoppe" mithörte. Seiner Frau schrieb er dazu am 16. September:

„Und nun vergleiche damit mein mehr als 40 Jahre umfassendes literarisches Leben. Wenn ich alles zusammenzählen sollte, was mir an Dankesbriefen zugegangen ist, kämen doch nicht 100 heraus (also jährlich 2) und ‚begeisterte' nicht 10. Und dabei bin ich doch ein wirkliches Stück Dichter und gelte auch dafür. Das Beste ist, man denkt gar nicht darüber nach und läßt es laufen."

Mitte September kam noch einmal schönes Wetter, und es wurde sogar warm. Fontane konnte seinen Lieblingsplatz aufsuchen, die Bank am Eingang zum Melzergrund in Wolfshau. Der Melzergrund ist ein Gebirgstal, das sich bis zur Melzergrube, einem ehemaligen Gletscherkar zu Füßen der

Schneekoppe und der Kleinen Koppe, hinzieht. Er erinnerte sich daran, dass er vor dreizehn Jahren bei seinem ersten Aufenthalt in Krummhübel hier das Einleitungsgedicht zum Band „Havelland“ seiner Märkischen Wanderungen entworfen hatte. Seiner Frau schrieb er am 16. September:

„Ja, das sind nun dreizehn Jahre! Was ist nach abermals dreizehn Jahren? Nun, die Gedicht-Stelle wird wohl noch existieren [das bezieht sich auf eine Stelle, die Lehrer Lösche einige Tage zuvor zitiert hatte] und um Nauen und Friesack herum auch das Gedicht selbst. Aber – der Vater vons Janze?“

Hier hatte Fontane unbewusst prophetisch geschrieben, denn dreizehn Jahre und vier Tage später war sein Todestag.

Jetzt las er auf dieser Bank die Lebensbeschreibung des volkstümlichen Berliner Arztes Heim (1747–1834) und Gedichte des schlesischen Dichters Karl von Holtei (1798–1880), die er in einem Brief an seine Frau sehr lobte. Am 18. September kehrte Fontane nach einem Aufenthalt von drei und einem halben Monat in Krummhübel nach Berlin zurück. Dort wartete eine neue literarische Aufgabe auf ihn. Am 1. November feierte die französische Kolonie in Berlin ihr 200-jähriges Bestehen. Fontanes zweiter Sohn Theodor jun. hatte aus diesem Anlass ein Festspiel geschrieben, und der Vater hatte es übernommen, dazu einen Prolog zu verfassen. In einem Brief an Sohn Theodor in dieser Angelegenheit kam er noch einmal auf Holtei zu sprechen. Er arbeite insofern gern an dem Prolog, als er immer noch an die Möglichkeit denke, in einem Koloniehaus, d. h. einer Art Altersheim, unterzukriechen. Holtei habe seine letzten Lebensjahre schließlich auch in einem Breslauer Kloster verbracht. In seinem Tagebuch vermerkte er, dass der Urlaub ihm wohl getan habe und er in leidlicher Verfassung wieder in Berlin eingetroffen sei.

3. Fontanes Urlaub in Krummhübel im Sommer 1886 Von den Leiden eines Urlaubers im letzten Viertel des 19. Jahrhunderts

In der Korrespondenz zwischen Fontane und Georg Friedlaender während des Winters 1885/86 bis in den Frühsommer 1886 hinein tauchte immer wieder die Frage auf, wo Fontane im kommenden Sommer 1886 den Urlaub verbringen würde. Er war schon ziemlich entschlossen, wieder ins Riesengebirge zu reisen, wobei sicher die Bekanntschaft mit Friedlaender und der durch ihn ermöglichte gesellige Umgang eine Rolle spielten. Aber er konnte sich – wie meist – nicht für einen bestimmten Ort und ein bestimmtes Quartier entscheiden. Von Bedeutung war, dass die Fontanes im kommenden Sommer selbst wirtschaften, das heißt auch selbst kochen wollten, wohl um der ungeliebten Gasthauskost zu entgehen. Dabei wurde auch überlegt, ob das Hausmädchen mitfahren sollte. Ferner legte Fontane Wert darauf, eine Unterkunft zu finden, die er zu jeder Zeit ohne finanzielle Einbuße wieder verlassen konnte, falls das Wetter das nahe legte oder die Rezensententätigkeit das erforderte. Im Hause Schreiber war das möglich gewesen.

Fontane selbst hatte an Hohenwiese bei Schmiedeberg gedacht. Dr. Heidenhain, ein Arzt aus Arnsdorf, hatte Querseiffen empfohlen, das westliche Nachbardorf von Krummhübel, und zwar eine Unterkunft bei „Mutter Kluge". Dabei handelte es sich um den alten Kretscham von Querseiffen, der 1895 abbrannte. Georg Friedlaender hatte in Brückenberg, dem südwestlichen Nachbarort von Krummhübel, bis hinauf zur Kirche Wang Ausschau gehalten. Hier lockte Fontane die nach seiner Meinung bessere Luft in den höheren Lagen. In diesem Zusammenhang hatte er auch auf das Gasthaus Wollmann (Marienruh) hingewiesen, das in Wolfshau am Eingang zum Eulengrund lag. Ausdrücklich hatte er in einem Brief betont, dass die Nähe von Exner (Gasthof „Zur Schneekoppe") und Rummler („Goldener Frieden") ohne Bedeutung sei.

Fontane konnte sich zu keiner Entscheidung durchringen. Kurz vor dem beabsichtigten Beginn des Urlaubs Mitte Juni kam es dann zu einer ausgesprochenen Notlösung. Da andere Quartiere nicht mehr verfügbar waren, mussten Zimmer in einem Krummhübeler Haus akzeptiert werden, das sehr abseits in den so genannten Neuhäusern lag, in größerer Entfernung von der durch das Dorf führenden Hauptstraße. Es handelte sich um das Haus Nr. 84, das dem Maurer Gustav Schiller und seiner Frau gehörte (später der Familie Fleiß). Es lag an der Großen Lomnitz, einem Gebirgsbach, der durch Krummhübel fließt.

Anfang Juni schrieb Fontane an Friedlaender, dass er hoffe, in 10 bis 11 Tagen aufbrechen zu können und die Stunden zähle. Er fügte hinzu, dass die Berliner „Canalluft" anfange, für ihn fürchterlich zu werden, und auch das Wort „Malaria" kam im Brief vor. Bei „Canal" dachte Fontane wohl an den Landwehrkanal in der Nähe seiner Wohnung Potsdamer Straße. „Canalluft" und „Malaria" sind Lieblingsausdrücke von ihm, die er immer wieder gebrauchte. Wenn er sich unpässlich fühlte, meinte er häufig, das auf Malaria zurückführen zu müssen. Damals glaubte man noch, dass Malaria durch schlechte Ausdünstungen – Miasmen – in feuchten und sumpfigen Gegenden hervorgerufen werde. Der Malariaerreger, ein tierischer Parasit, war zwar 1880 schon entdeckt worden, aber es sollte noch lange dauern, bis die komplizierte Biologie dieser Krankheit völlig aufgeklärt war. Auch die bahnbrechenden Entdeckungen Robert Kochs erfolgten gerade in den achtziger Jahren des 19. Jahrhunderts.

Am 13. Juni kündigte Fontane dann an, dass er am 15. Juni zusammen mit Tochter Martha reisen werde. Am 16. und 17. Juni blieben die beiden bei Friedlaenders in Schmiedeberg, und am 18. Juni trafen sie in Krummhübel ein. Emilie Fontane folgte erst sechs Wochen später. Gleich am folgenden Tag bedankte sich Fontane brieflich bei Georg Friedlaender für den Aufenthalt in Schmiedeberg und teilte mit, dass sie einen „Versöhnungsbesuch" bei Schreibers, den Wirtsleuten von 1884 und 1885, gemacht hätten. Er erzählte, dass sie den

Friedrich Stephany (1830–1912), Chefredakteur der Vossischen Zeitung.

Kunsthändler Ruthardt trafen und Dr. Schwerin und Frau aufsuchten. Diese seien freundlich, gütig und aufmerksam wie immer gewesen. Bei Tochter Martha fand Dr. Schwerin allerdings keine Sympathie. Besonders störte sie sein oberlehrerhafter Ton, der auch schon das Missfallen ihres Vaters hervorgerufen hatte. „Müssen wir da täglich hin?", hätte sie auf dem Heimweg gefragt.

Aber dieser Urlaub war von Anfang an verunglückt. Es fing mit der Unterkunft an. Dann blieb es zunächst kalt und windig, sodass Frau Schiller mehrfach täglich heizen musste. Fontane schrieb ironisch nach Schmiedeberg (der Briefwechsel wurde auch während des Urlaubs fortgesetzt):

„Alles erfüllt sich. Friedrich II. auf Sanssouci bei Kaminfeuer und offenen Flügeltüren, war immer mein Ideal."

Was ihm sonst noch alles an diesem Urlaub missfiel, das

schrieb er am 28. Juli sehr drastisch an Friedrich Stephany, den Chefredakteur der Vossischen Zeitung, für die er selbst als Theaterkritiker tätig war. (Die Vossische Zeitung bestand bis 1934.) Zum Verständnis soll noch vorausgeschickt werden, dass Artur Hobrecht, ab 1863 Oberbürgermeister von Breslau, 1872 zum Oberbürgermeister von Berlin gewählt wurde. In seine Amtszeit fällt die Anlegung der Kanalisation in Berlin. Dressel und Hiller waren Inhaber vornehmer Weinrestaurants an der Straße „Unter den Linden", und Huth hatte eine Weinstube an der Potsdamer Straße. Von „Ozon" war schon die Rede.

„Ein Berliner Sommer, trotz Hobrecht und Kanalisation, ist und bleibt etwas Schreckliches. Freilich wo wäre es im Sommer nicht schrecklich! Es könnte schön sein, wenn die Welt und besonders der Teil derselben, der auf den Namen ‚Bad' oder ‚klimatischer Kurort' getauft ist, nicht aus lauter Gesindel bestünde, das in erster Reihe dem Grundsatz huldigt: ‚Für den Berliner ist alles gut genug.' Mit Genugtuung habe ich die verschiedenen Schmerzensschreie gelesen, die die geschindluderte Menschheit in den Spalten der ‚Vossin' losgelassen hat. Ich würde mit einstimmen, wenn ich nicht längst resigniert wäre. Wie man Bismarck oder seiner Frau gegenüber jeden Widerstand aufgibt, weil es einem doch nichts hilft, so klage ich auch über die sogenannten Kurörter und Sommerfrischen nicht mehr, aber daß es so ist, wie es ist, ist schrecklich. Daß man im günstigsten Fall für ein mäßiges, oft aber auch für ein exorbitantes Geld schandmäßig und geradezu lebensgefährlich verpflegt wird, kann wohl als unbestrittene Tatsache gelten, jeder weiß es, jeder fügt sich darin und tröstet sich mit dem Satze, daß er nicht um Dressels und Hillers, sondern um der ‚Luft' willen an seinen klimatischen Kurort gegangen ist.

Nicht Bouillon, aber Ozon. Gut. Aber wo gedeiht dieses Ozon? Nirgends. So sehr nirgends, daß mich seit diesem Sommer ernsthaft die Frage beschäftigt, ob nicht der Berliner Kanal an der Potsdamer Brücke (wo die Äpfel und alten Bierpfropfen auf grünschäumender Flut tanzen) einer jeden beliebigen Gebirgsdorfgasse weit vorzuziehen sei? Man kann doch unmittelbar in den Weihenstephan oder zu Huth gehen und rasches antiseptisches Verfahren einleiten. Aber wo bleiben diese Hilfs- und Heilmittel hier, 2000 Fuß hoch über dem Meeresspiegel? Der Prozeß der Blutdekomposition nimmt an diesem blutreinigenden Doppel-Oxygen-Ort seinen ungehinderten Fortgang. Denn man bilde sich doch nicht ein, daß der Sauerstoff, der einfache oder der doppelte, wie er in Gebirgsdörfern verzapft wird, ein Element, ein einheitlicher Stoff sei. Es läßt sich umgekehrt behaupten, daß es nichts Komplizierteres gäbe. Die Hühner sorgen dafür, daß der Hühnerstall mit seinen eigentümlichen Vorzügen einen ambulanten, namentlich der Frühstückslaube zugute kommenden Charakter annimmt, schräg neben dem Schlafstubenfenster türmen sich mehr der Agrikultur als der Ästhetik dienende Stallhaufen, und um das ganze Haus zieht sich ein tiefgesättigter Styx, der aus drei benachbarten Ställen einen unter Gras und Blumen versteckten, aber desto konzentrierteren Zufluß erfährt. All das ist Übels genug, kann aber bei Wind, der alles wegfegt, oder bei herrlichem Wetter, das höher hinauf in die Berge lockt, ertragen werden. Der Schlaf, der einem 10stündigen Marsch folgt, ist unkritisch. Aber ach, dieses Jahr 86, das einen durch Regen und Stichsonne konstant in die Stube bannt, dieses Jahr 86 ist furchtbar, besonders an den vielen, vielen Tagen, wo statt Regen und Sonne tief ziehende Wolken die Schreckensrolle übernehmen. Diese legen nun ihre große schwere Hand über ein ganzes Dorf und tragen Sorge dafür, daß von all dem Kraftstoff, an dem Hühner, Schafe und Ziegen und last not least auch die Autochthonen dieser Gegend gearbeitet haben, nicht ein einziges Gasatom verlorengeht. Ich glaube, daß das ganze moderne Reisewesen sehr reparaturbedürftig ist; auszuhalten ist die ganze Geschichte nur von denen, die so gesund und kreuzfidel sind, daß sie füglich auch zu Hause bleiben konnten."

Offenbar hatten sich einige Berliner Urlauber in Zuschriften an die Vossische Zeitung, von Fontane häufig leger „Vossin" genannt, über das zu ungünstige Preis-Leistungsverhältnis in den Sommerfrischen beschwert. Fontane war in diesem Urlaub vom Missgeschick verfolgt. Er hatte nicht nur

Zimmer in einem Anwesen, auf dem Landwirtschaft sehr intensiv betrieben wurde, sondern das Wetter spielte auch nicht mit, und die Inversionslage verstärkte die Belästigungen. Hinzu kam, dass er als Berliner hinsichtlich der sanitären Verhältnisse schon etwas verwöhnt war.

Sechs Wochen nach Urlaubsbeginn war Emilie in Krummhübel eingetroffen. Sie hatte das Hausmädchen mitgebracht, und nun konnte selbst gekocht werden. Als positiv in diesem Urlaub sah Fontane die Tatsache, dass er viele Wochen ungestört arbeiten konnte. Er schrieb die erste Fassung von „Quitt" nieder, ließ dann aber den Stoff liegen. Erst in den Jahren 1888 und 1889 wurde das Werk noch zweimal überarbeitet. Es erschien 1890 als Vorabdruck in der Zeitschrift „Die Gartenlaube", und zwar in einer gekürzten, aber vom Autor sanktionierten Form. Der Verlag Wilhelm Hertz brachte den Roman Ende 1890, aber unter dem Erscheinungsjahr 1891, in Buchform heraus. An diesem Beispiel wird die Arbeitsweise Fontanes deutlich. Er billigte seinen literarischen Werken eine beachtliche Reifezeit zu: 1884 erhielt er die allererste Anregung und erste Informationen von Georg Friedlaender, 1885 lässt er sich detailliert vom Lehrer Lösche und wohl auch vom Rabenwirt die Vorkommnisse erzählen, die dem Roman zugrunde liegen. Er schreibt in diesem Sommer den Entwurf, den er mit dem französischen Wort „brouillon" zu bezeichnen pflegte, und führt Lokalstudien durch. 1886 wird die erste Fassung zu Papier gebracht und diese 1888 und 1889 noch einmal überarbeitet. Erst 1890 erfolgt dann die Vorveröffentlichung, und 1891 erscheint das Buch, 6 $^{1}/_{2}$ Jahre, nachdem ihm der Stoff bekannt wurde. An seinen Verleger Hertz hatte Fontane geschrieben: „Dreiviertel meiner literarischen Tätigkeit ist Korrigieren und Feilen gewesen." Aber bei dieser Arbeitsweise lauerten auch Gefahren, die der Dichter selbst erkannte. Dem Berliner Schriftsteller Paul Lindenberg hatte er bei einer Abendgesellschaft im richterschen Haus in Arnsdorf mitgeteilt:

„Das ist eine kitzliche Sache, daß ich meine Geschichten oft jahrelang lagern lasse, was mit Zwischenschüben, die allmählich eintreten, schon ausreicht, Unsicherheiten zu schaffen. Sind nun die auf Lager gelegten Geschichten nicht einmal so genau fertig, so wird eine völlige Konfusion geboren, und Ostern und Pfingsten fallen nicht nur auf einen Tag, sondern Pfingsten rangiert wohl auch mal vor."

Von der Möglichkeit einer Vorveröffentlichung seiner Werke in einer Zeitschrift oder Zeitung machte Fontane häufig Gebrauch. Dafür gab es sicher auch finanzielle Gründe, denn er konnte dann sowohl von der Zeitschrift als auch vom Buchverlag ein Honorar beziehen.

Der Vermieter Schiller hat die Arbeitsweise Fontanes im Urlaub beschrieben. Dabei benutzte er seinen gebirgsschlesischen Dialekt, der heute zum Aussterben verurteilt ist, wenn er auch in geschriebener Form, z. B. in einer Reihe von Dramen Gerhart Hauptmanns, weiter bestehen wird. Er sagte dazu:

„Dar Fontane dar hoat immer ei der Veranda geoarbeitet. Oaber vurher hoat er oalle rausgeschmissa aus'm Hause, dodermitte er senne Ruhe hoatte zum Oarbeeta. Und dann hoat er oalle Fliega tutgeschloan, doa ließ er au nich ane eenzige iebrig. Doderzune hoatte er sich extra ane Fliegakloatsche gekeeft. Und wenn er vum Oarbeeta koam, do stoanda ihm die Oadern a su dicke an bloo uff der Stirne, ich soag Ihn' a su dicke."

(„Der Fontane der hat immer in der Veranda gearbeitet. Aber vorher hat er alle rausgeschmissen aus dem Haus, damit er seine Ruhe hatte zum Arbeiten. Und dann hat er alle Fliegen totgeschlagen, da ließ er auch nicht eine einzige übrig. Dazu hatte er sich extra eine Fliegenklatsche gekauft. Und wenn er vom Arbeiten kam, dann standen ihm die Adern so dick und blau auf der Stirn, ich sag Ihnen so dick.")

Fontane hatte sich übrigens nicht entschließen können, in seinen Romanen Dialekte zu verwenden, obwohl er z. B. in den Gasthöfen oder bei seinen Zimmervermietern im Riesengebirge den schlesischen Gebirgsdialekt ständig hörte. Er hat sich zu diesem Thema 1888 in einem Brief an den Berliner Arzt und Schriftsteller Dr. Emil Schiff geäußert:

„Gewiß wäre es gut, wenn das alles besser klappte, und

die realistische Darstellung würde neue Kraft und neue Erfolge daraus ziehn. Aber – und indem ich dies ausspreche, spreche ich aus einer vieljährigen Erfahrung – es ist sehr schwer, dies zu erreichen und hat eine wirkliche Vertrautheit des Schriftstellers mit allen möglichen Dialekten seines Landes zur Voraussetzung. Ich griff früher, weil ich mich dieser Vertrautheit nicht rühmen darf, zu dem auch von Ihnen angeratenen Hilfsmittel und ließ durch Eingeweihte, die übrigens auch nicht immer zur Hand sind, das von mir geschriebene ins Koloniefranzösische oder Schwäbische oder Schlesische oder Plattdeutsche transponieren. Aber ich habe dabei ganz erbärmliche Geschäfte gemacht. Alles wirkte tot oder ungeschickt, so daß ich vielfach mein Falsches wiederherstellte. Man muß schon zufrieden sein, wenn wenigstens der Totaleindruck der ist: ‚Ja, das ist das Leben!'"

Die negative Stimmung in diesem Urlaub, die noch durch Erkrankungen und Unpässlichkeiten Fontanes, Emilies und Marthas verstärkt wurde, scheint am Ende der Ferien doch etwas gewichen zu sein. So gibt Fontane in einem Brief vom 19. August 1886 ein Stimmungsbild. Der Brief ist an Emilie Zöllner gerichtet, die Ehefrau seines Nachfolgers als Erster Sekretär der Akademie der Künste, Karl Zöllner.

„Ein Mütterchen, das mit dem Reisigbündel auf dem Rücken über den schmalen Steg geht, die Mädchen mit den feinen Fußknöcheln, die Himbeeren oder Besinge zum Verkauf bringen, die Gewitter, die mit Sturm und Gekrach am Gebirge hinziehn, die nach Mehl schmeckende Wassersemmel, das zähe Rindfleisch, das das Hinschwinden seiner Zähigkeit nicht auch mit dem Hinschwinden seines Geschmacks bezahlt hat, die blinde Harfenistin, die mit einer Stimme, daraus ein Elend und eine Seele spricht, kleine Lieder auf dem Hausflur singt, die Lomnitz, die rauscht, die Heide, die blüht, der Tourist mit aufgekrempelter Hose, die Touristin mit einer aus Schals und Plaids bestehenden Außen- und Langtournüre – alles unterhält mich!"

Eine Reunion, das heißt eine Unterhaltungsveranstaltung mit Tanz bei Rummler (Gasthof Goldener Frieden), die er zu-

sammen mit Martha besuchen wollte, verließ er sofort wieder, weil ihm der Teilnehmerkreis mit 40 Damen und 7 Herren ungeeignet erschien. Sie ließ sich nicht mit der Reunion bei Exner vor einem Jahr vergleichen. Der Verkehr mit den Bekannten war aber „meist sehr angenehm und riß die ganze Geschichte heraus", wie er im Tagebuch notierte. Mehrfach traf er sich mit Friedlaender, bei Dr. Schwerin war er zum Essen eingeladen. Im Tagebuch nennt er ferner Grossers in Hohenwiese, Richters in Arnsdorf, Graevenitzens und Ebertys. Den meisten der Genannten war er bereits früher begegnet. Prof. Felix Eberty aus Breslau, Vater der „schönen Frau Richter" traf er jetzt zum ersten Mal. In diesem Sommer entstand am Eingang zum richterschen Haus in Arnsdorf auch die bekannte Photographie, die Fontane zusammen mit seiner Tochter zeigt. Auf diesem Bild ist Fontane formeller gekleidet, als er es selbst bei seinem Erdmannsdorfer Urlaub beschrieben hat. Zu bedenken ist nur, dass die Herren damals auch in derartiger Garderobe zu wandern pflegten, und eine kornblumenblaue Leinenjacke mit Hirschhornknöpfen das Äußerste an Bequemlichkeit war.

Gelesen wurde im Urlaub, wie dem Tagebuch zu entnehmen ist: Ranke, Zeller (über David Strauß [philosophischer und religionskritischer Schriftsteller]), Strauß, „Der alte und der neue Glaube" und Lindau (Schriftsteller und Diplomat), „Der Zug nach dem Westen".

Theodor Fontane mit Tochter Martha („Mete") am Eingang zum richterschen Haus in Arnsdorf, Sommer 1886.

Am 2. September reiste Martha ab, am 4. 9. folgte Emilie, und Fontane verließ Krummhübel am 8. September. Im Tagebuch steht:

„Der Aufenthalt war ziemlich erbärmlich, was teils in dem abnormen Sommer, kalt, schwül heiß, teils in der von allen ‚perfumes of Arabia' umflossenen Wohnung seinen Grund hatte. Wir waren schließlich froh, als wir abreisen und wieder Berliner Glut und Berliner Kanalluft einatmen konnten."

Im letzten Brief, den Fontane am 7. September von Krummhübel aus an Friedlaender richtete, konnte er es nicht lassen, über sein Ergehen im Urlaub und alle Widrigkeiten zu klagen. In den vorhergehenden Tagen war er bettlägrig gewesen wegen „gastrisch-nervöser" Beschwerden. Auch im ersten Brief, den er Friedlaender am 11. September von Berlin aus schrieb, meinte er, dass der Canal in Berlin nichts gegen die „Wohlgerüche Arabiens wäre, die sie in Krummhübel Tag und Nacht umflossen".

4. Fontanes letzter Urlaub in Krummhübel – Sommer 1887 Die Aussagen eines Zeitzeugen

Nach den Erfahrungen im Sommer 1886 ist es umso erstaunlicher, dass sich Fontane entschloss, im Sommer 1887 doch wieder einen Teil seines Urlaubs in Krummhübel zu verbringen. Noch im Oktober 1886 schrieb er an Friedlaender:

„Der Herbst war schlecht und der Sommer auch, und während ich sonst, beim Eintritt in den Winter, auf Krummhübel dankbar zurück und zugleich sehnsüchtig auf die neue Sommerfrische hinausblicke, fehlt mir diesmal dies Doppelgefühl gänzlich. Erwäge ich, wieviel Freundlichkeiten ich gerade diesmal erfahren, wie idyllisch ich an den stillen Tagen gelebt habe, so kann ich es nur auf das bedrückende Wetter und vielleicht mehr noch auf die für meine Bedürfnisse ganz unpassende Wohnung schieben. Ich entfloh dem Berliner Canal, um mich in einem Gossen-Delta (und was für Gossen!) anzusiedeln. So spukt mir denn die Malaria seit vollen 4 Monaten im Leib herum und was das Schlimmste ist, Krummhübel ist mir verleidet. Ehe nicht das große Hotel, das *Richter*, glaub ich, in der Nähe des Birkicht zu bauen plant, fertig ist, kriegen mich nicht 4 Pferde mehr in das so sehr gepriesene und ‚wo der Mensch nicht hinkommt mit seiner Qual' (und allem möglichen andern) auch *wirklich* entzückende Krummhübel hinein. Das Ideal-Krummhübel, wie's der Passant, der aus dem Tal heraufsteigende Nachmittagskaffeetrinker kennen lernt, ist himmlisch, das Alltags- und *Dauer*-Krummhübel ist eine ziemlich traurige Geschichte. ‚Zum Deutschen Kaiser' und seine Environs, Exners Schattenseite (wo die Gänse und Enten ihr Düngungswesen treiben), Förster Wenzel, Schlächter Klose, das Haus gegenüber, wo Prof. Hoppe wohnte, Schlächter Jost, das steinerne Briefträgerhaus, alles was zu beiden Seiten der Hauptstraße liegt (das ‚Tannicht' und die Neun Häuser [richtig Neuhäuser], das Alexandrinenbad mit seiner Feuchtigkeit und seinen Pilzen, – alles ist stänkrig und muffig oder kellrig und das gerade Gegenteil von frischer Luft*. (* Nur *Schreiber's* Haus, besonders die Halb-Etage, die wir bewohnten, ist ein wahres Quisisana; aber dafür waren andere Mißstände, vor allem Unruhe, zu viel Menschen.) Auch oben auf Breitenhau, wo Richters ihre neue Villa bauen, ist es nichts weniger als gesund; Gesundheitswohnungen sind nur dann herzustellen, wenn man die Häuser, hochunterwölbt, wie auf Stadtbahnbogen baut. Die Römer wissen recht gut, was sie tun, wenn sie sich für die Wohnungen im 3. Stock die besten Preise bezahlen lassen. Und dabei fallen mir die Krummhübeler Preise ein! Einer, der auf Breitenhau wohnt, (den Namen hab ich vergessen) hat, als Dr. Schwerin anfragte, für den nächsten Sommer 700 oder 750 Mark gefordert. Für wenig mehr an *Jahres*miete wohne ich hier in der Potsdamerstraße; die Leute verlieren Sinn und Verstand und wenn sie fortfahren mit Schmutz und hohen Preisen, so kommt ein arger Rückschlag. Es läßt sich aus zahllosen Preß-Äußerungen dieses Sommers deutlich erkennen, daß die Berliner es satt haben, für ‚gute

Luft' die keine ist, lächerlich hohe Preise zu bezahlen. Das Ende vom Lied wird wahrscheinlich sein, daß man auf den Plateaus von Teltow und Barnim *wirkliche* Sommerfrischen einrichtet, auf die man dann allabendlich hinausfährt."

„Birkicht (Birkigt), Tannicht (Tannigt) und Breitenhau", die im Brief erwähnt werden, sind Ortsteile von Krummhübel.

In einem Postskriptum folgt dann doch noch etwas Positives über das Riesengebirge. Emilie hatte bei einem Schmiedeberger Metzger einen Schinken bestellt, aber noch keine Sendung erhalten. Fontane bat Frau Friedlaender nachzufassen und führte an, dass selbst westfälischer Schinken nicht mit dem aus Schmiedeberg konkurrieren könne.

In einem Brief an Friedlaender vom 7. November erinnerte Fontane daran, dass die „Villa Schiller" zum Rendezvous für die gesamte Aristokratie von Krummhübel, Arnsdorf und Schmiedeberg wurde, sobald Friedlaenders in Sicht waren. Ruthardt, Graevenitz, Kettes, Schwerins, Richters, Ebertys, Grossers hätten sich eingefunden und an seiner gesellschaftlichen Schulung gearbeitet. Nichts sei schwieriger, als fünf widerstreitende Parteien „a tempo" zu unterhalten. Dann erzählte er, dass er am Vorabend (6. 11.) in seiner Berliner Wohnung den Besuch von Richters und einigen weiteren Bekannten gehabt hätte.

In den folgenden Monaten ist vom Urlaub 1887 nicht mehr die Rede. Erst am 15. Juni 1887 teilte Fontane in einem Postskriptum mit:

„Bis zum l. Juli bin ich in Berlin; ich schreibe Ihnen, wo ich hingehe. Vielleicht bin ich vom l. September ab 4 Wochen in Krummhübel."

Am 17. Juni teilte er mit, dass er sich nach dem l. Juli wahrscheinlich nach „Seebad Rüdersdorf" begeben werde, einer Hotelpension zwischen Erkner und Rüdersdorf. Tatsächlich traf er am 7. Juli dort ein, glaubte aber nun wieder, die Nachteile der Mark Brandenburg und die Vorzüge Schlesiens zu erkennen, denn seiner Frau schrieb er am gleichen Tag:

„Der Ort wirkt so wie Plaue, Wilsnack etc. Alle diese Jammernester haben irgendwo einen Charme, eine relative Bedeutung: in Plaue das Schloß samt seinen historischen Erinnerungen, in Wilsnack die Wunderblutkirche mit ihrer immerhin interessanten Geschichte, in Rüdersdorf das Bergwerkswesen und die Wichtigkeit desselben für Berlin. Trotzdem – Du siehst, dass ich gelten lasse, was nur irgend Geltung beanspruchen kann – empfinde ich diesen märkischen Nestern gegenüber immer wieder den niedrigen Stand unserer Provinz und seiner Bevölkerung. Berlin ist ein Ding für sich, und auch in vielen kleinen Städten mögen sich gelegentlich Erfreulichkeiten finden, im ganzen steht alles nach wie vor auf einer traurigen Tiefstufe, so daß die schlesischen Gebirgsdörfer wahre Paradiese sind. Die Leute dort (in Schlesien) haben einen natürlichen Schönheitssinn, auch die ärmsten sind beflissen, alles niedlich, anheimelnd erscheinen zu lassen. Dieser Sinn fehlt unserer Provinz, alles ist arm, häßlich, trist, und mit der Wohlhabenheit fängt nicht der feine Sinn, sondern die Protzigkeit an. Es ist ein zuverlässiger, verständiger, intelligenter Menschenschlag, aber ohne jede Spur von dem, was gefällig wirkt ."

Das ist eine erstaunlich positive Beurteilung der schlesischen Gebirgsdörfer und ihrer Bewohner.

Am 17. August reiste Tochter Martha nach Krummhübel und mietete dort eine Ferienunterkunft im Haus Nr. 60 bei Meergans. Am 19. August folgte ihr Vater nach. Das neue Quartier lag wie das erste im Sommer 1872 am Gehängeweg, der im Dorf beginnt und bergwärts zum Gehänge führt, dem Tatort von „Quitt", und weiter vorbei an der Kleinen Koppe zum Koppenplan, wo der Gipfelaufbau der Schneekoppe ansetzt. Das Haus stand also im oberen Dorf inmitten von Wiesen, die von einem Bach, dem „Kleinen Seifen", durchflossen werden. Dahinter erhebt sich eine bewaldete Kuppe, die „Lehne", durch die Ober-Krummhübel von Wolfshau getrennt wird. Der Besitzer, Vinzenz Meergans, war vor 15 Jahren aus dem Böhmischen nach Krummhübel zugewandert. Der Familienname Meergans war im Riesengebirge auf beiden Seiten sehr verbreitet, Fontane kannte ihn aber zuvor nicht. Er teilte Friedlaender mit, dass Paul Schlenther, der sein Nachfolger als Theaterkritiker und später Direktor des Wiener Burgtheaters wurde, irrtümlich einen Brief an

Paul Schlenther (1854–1916), Schriftsteller, Kritiker, Theaterdirektor. Nachfolger Fontanes als Theaterkritiker der Vossischen Zeitung.

„Haus Meerschwein" adressiert habe. An Theodor Storm schrieb er, dass „Meergans" ihn wie Strandläufer und Regenpfeifer an die „graue Stadt am Meer" und damit an ihren Dichter erinnere. In ganz Deutschland und darüber hinaus wurde später dieser Familienname bekannt durch Günter Meergans, der zwischen 1937 und 1950 viermal Deutscher Meister in der Nordischen Kombination von Sprung- und Langlauf war.

Dem Haus Meergans hat Fontane in seiner 1892 erschienenen Erzählung „Der alte Wilhelm" ein Denkmal gesetzt. Dort hat er auch den Weg zum Haus beschrieben:

„Erst an dem Kretscham und gleich dahinter an dem katholischen Kapellchen vorbei zieht sich, allmählich ansteigend, die Dorfstraße, von der aus kleine Seitenwege zu reizenden, inmitten von Feldern und Wiesen gelegenen und von den Fremden ganz besonders bevorzugten Sommerhäusern hinüberführen. In einem dieser Häuser – eigentlich einem ganzen Wirtschaftsgewese, das, weil es unter Birken lag, den hübschen Zunamen ‚das Birkicht' führte – war auch ich untergebracht worden und verlebte daselbst eine Reihe sehr angenehmer Tage."

Die Bezeichnung „das Birkicht" hat Fontane allerdings von einem anderen Ortsteil Krummhübels, ganz am untersten Ende des Dorfes, entlehnt. Er beschreibt dann seinen Lieblingsplatz am Haus:

„Ich setzte mich in der Regel unter eine dicht vor dem Hauseingang stehende Hängebirke, von der aus ich einem von einer Berglehne herabkommenden und unter einer kleinen Steinbrücke hinwegschäumenden Bache zusah. Ich verfiel dabei regelmäßig in Träumereien, aus denen ich immer nur auffuhr, wenn drinnen auf dem Flur die Wanduhr schlug oder einer der lang herabhängenden Birkenzweige mir in leisem Luftzug die Stirn streifte."

Auch in diesem Urlaub hatte Fontane einen festen Arbeitsplatz: „Ich ging dann auf eine nach der anderen Seite hin gelegene Jelängerjelieber-Laube zu, die mir als Spezialbesitz gehörte. Dort wollt' ich einen Brief schreiben und die Zeitungen lesen."

Haus Meergans (Nr. 60) in Krummhübel.

Wie wir durch einen Brief an seinen jüngsten Sohn Friedrich (Friedel) wissen, beschäftigte sich Fontane in diesem Sommer mit dem Abschluss seines Romans „Irrungen, Wirrungen“ und begann danach mit dem Roman „Unwiederbringlich“. Gleichzeitig scheint er ein Napoleon-Thema aufgegriffen zu haben, das dann aber nicht zum Tragen kam. Er hatte nämlich in einem Brief aus Krummhübel Friedlaender gebeten, einiges zur Vita von Napoleon für ihn im Konversationslexikon zu recherchieren.

Fontane empfand den Urlaub als sehr erholsam. Das Mittagessen wurde dieses Mal von Rummler (Gasthof „Goldener Frieden“) geholt. Eine Woche nach der Ankunft in Krummhübel hatte er sich bei Friedlaender in einem Brief entschuldigt, dass er die vereinbarte große Kammpartie aufgegeben habe, da er sie sich nicht zutraue und die zweite Hälfte der Ferien nicht ruinieren wolle. Seinem Tagebuch ist aber zu entnehmen, dass er am Ende der Krummhübeler Zeit doch eine große Tour ins Gebirge hinein unternahm, die ihn bis nach Spindelmühl führte, das Pendant zu Krummhübel auf der böhmischen Seite des Gebirges. An Friedlaender schrieb er danach, dass „er sich zwischen Wiesen- und Riesenbaude 36 Stunden lang wie zu Hause gefühlt habe“.

Fontanes Frau Emilie hielt sich in diesem Sommer nur 12 Tage in Krummhübel auf. Zu Beginn des Urlaubs hatte Fontane die Absicht, sich dieses Mal dem geselligen Verkehr fern zu halten. In einem Brief an die früher schon erwähnte Emilie Zöllner schrieb er:

„Dem vornehmen Verkehr nach Schmiedeberg und Erdmannsdorf hoffe ich mich diesmal entziehen zu können. Es kostet sehr viel Geld, und der Gewinn ist doch fraglich.“

Früher habe er geglaubt, derlei für sein Metier zu brauchen, aber für das bisschen Arbeit, das noch vor ihm liege, werde sein Fonds von Anschauungen- und Erfahrungen wohl ausreichen. Bei dem „bisschen Arbeit“ irrte er allerdings, denn in den elf Jahren, die ihm noch beschieden waren, ist das Gros seiner Romane erschienen. Völlig entziehen konnte er sich dem geselligen Umgang auch in diesem Sommer nicht. Er nennt vor allem Friedlaenders, mit denen er

Spindlermühle in den dreißiger Jahren.

sich mehrfach traf, ferner Richters in Arnsdorf, Schwerins, Graevenitzens und Kettes. Hermann Kette war Jurist und Regierungspräsident in Frankfurt/Oder.

Für diesen Krummhübeler Aufenthalt im Hause Meergans gab es einen Zeitzeugen:

Adolf Meergans, der im Jahr 1887 neun Jahre alt war. Dem Krummhübeler Heimatforscher Hans Reitzig berichtete er 1940 in seinem Gebirgsdialekt:

„Ei dar gruße Stube, rechts vo der Haustüre, und ei dar kleenen Hinterstube hoat er mit senner Tuchter gewohnt. Und goar ufte hoa ich zugesahn, wie dar Fontane oa semm' kleena Tischla geschrieba hoat mit'm Faderkiele. Dan hoat ar sich – die Prille uf die Noase geschoba – mit am kleena Masserla immer salba gespitzt. – Na, und uff dem Tische soas immer toll aus. Die viela Bicher, die do druffe loaga."

(„In der großen Stube, rechts von der Haustür, und in der kleinen Hinterstube hat er mit seiner Tochter gewohnt. Und gar oft habe ich zugesehen, wie der Fontane an seinem kleinen Tisch geschrieben hat mit einem Federkiel. Den hat er sich – die Brille auf die Nase geschoben – mit einem kleinen Messer immer selbst gespitzt. – Na, und auf dem Tisch sah's immer toll aus. Die vielen Bücher, die da drauf lagen.")

Tochter Mete wurde von Adolf Meergans sehr gelobt. Als Mutter Meergans mit einer Blutvergiftung darnieder lag, habe Mete sich um die Kranke gekümmert, die kleinen Kinder versorgt und sogar im Stall geholfen.

„Joa, sogoar malka kunnte se ..."

(Ja, sogar melken konnte sie! ...)

Und als an dieser Aussage Zweifel geäußert wurden, erklärte Adolf Meergans mit Nachdruck:

„Joa, sogoar malka kunnte se, so woahr, wie ich hier stiehe."

(„Ja, sogar melken konnte sie, so wahr, wie ich hier stehe.")

Fontane und seine Tochter kehrten am 19. September nach Berlin zurück, nachdem sie noch Grossers in Schmiedeberg besucht hatten. Emilie fuhr zu den Treutlers, die jetzt in Dresden-Blasewitz wohnten. Sie alle ahnten nicht, dass der Familie ein schwerer Schicksalsschlag bevorstand. Der älteste Fontane-Sohn, George, 36 Jahre alt, Hauptmann und Lehrer an der Kadettenanstalt in Lichterfelde bei Berlin, war am 17. September an Blinddarmentzündung erkrankt. Der Blinddarm perforierte, und beim damaligen Stand der Medizin konnte ihm nicht geholfen werden. Er verstarb am 24. September und wurde am 27. September – als Teilnehmer am Krieg 1870/71 mit militärischen Ehren – auf dem Lichterfelder Friedhof beigesetzt.

Mit dem Jahr 1887 war die Periode von Fontanes Aufenthalten in Krummhübel zu Ende gegangen. Bis 1945 war es leicht, mit Hilfe eines von der Krummhübeler Kurverwaltung herausgegebenen Panoramaplans mit Hausnummerierung die einzelnen Ferienquartiere Fontanes zu orten. Wegen der inzwischen eingetretenen Veränderungen, sowohl beim Hausbestand als auch beim Zustand der einzelnen Häuser, ist das heute kaum noch möglich. Die von ihm besuchten Gasthöfe sind dagegen zum großen Teil erhalten und einwandfrei wieder zu erkennen.

IV. Die letzten Aufenthalte Fontanes im Riesengebirge 1888, 1890 und 1892

1. Auf der Brotbaude – Sommer 1888 „An der Welt Ende"

In einem Brief an Friedlaender vom 15. Juli 1888 kündigte Fontane seine Ankunft für den nächsten Tag an. Er hoffte auf ein Treffen am Bahnhof und meinte, eigentlich müsste er ja bei Friedlaenders vorfahren, aber er möchte nicht zu spät „an der Welt Ende" ankommen. Tochter Martha hatte nämlich in der Brotbaude Zimmer gemietet. Diese Baude liegt nicht mehr in Krummhübel, sondern am Ende des südwestlich gelegenen Nachbarorts Brückenberg, noch hinter der Kirche Wang, in einer Höhe von 820 m ü. d. M. Verwaltungsmäßig gehörte sie sogar schon zum talwärts anschließenden Seidorf.

Während der Monate seit dem letzten Aufenthalt in Krummhübel im Sommer 1887 war das Thema Riesengebirge aus dem Briefwechsel zwischen Fontane und Friedlaender nicht verschwunden. Im Februar 1888 teilte Fontane seine Absicht mit, eine Ballade zu schreiben, die im Riesengebirge spielen solle, wenn das Geschehen auch aus dem Thüringer Wald stamme. Er dachte daran, die Geschichte in die Gegend Seidorf-Annakapelle zu verlegen und bat Friedlaender um Mithilfe bei der Auswahl geeigneter Flurbezeichnungen. Diese Ballade mit dem Arbeitstitel „Annemarie", die thematisch Stifters Erzählung „Bergkristall" entsprach, blieb aber unvollendet. In dem angeführten Brief nennt Fontane seinen Freund „Wanderer im Riesengebirge". Dies ist wohl eine Anspielung auf die gerade unter diesem Titel ins Leben gerufene Zeitschrift des Riesengebirgsvereins (R. G. V.).

Am 16. Juni bedankte sich Fontane bei Friedlaender für einen Brief, in dem einiges vom Riesengebirge erzählt wurde „einschließlich Nitsche, Rummler und Leiser". Nitsche war der Erbauer des Brückenberger Hotels „Deutscher Kaiser", Rummler der damalige Wirt des „Goldenen Frieden" in Krummhübel und Leiser der des „Schweizerhauses" in Brückenberg. Er fährt fort, dass ihm das Herz aufgehe, wenn er daran denke, binnen heute und zwei Monaten vielleicht schon bei Leiser zu sitzen. Am 24. September müsse er allerdings wieder zu Hause sein, denn ein gewisses ästhetisches Gefühl verbiete ihm, am Todestag seines Sohnes Harfengeklimper auf der Riesenbaude zu hören. Zum Schluss dieses Briefes teilte er noch einmal seine Absicht mit, am 10. oder 12. Juli zu reisen, wenn sich die großen Wasser verlaufen haben. Im Riesengebirge führten zu der Zeit die Flüsse und Bäche schweres Hochwasser. In Krummhübel wolle er dann die „Frey-Novelle" korrigieren. Gemeint ist die erste Fassung des Romans „Quitt". Tochter Martha werde zusammen mit der jungen Witwe von Sohn George, die ebenfalls Martha hieß, schon vorher nach Krummhübel fahren, um dort ein Quartier zu suchen.

Das Hotel „Goldener Frieden" in Krummhübel.

Etwa zur gleichen Zeit korrespondierte Fontane auch mit Tochter Mete, die in Rostock die Wittes besuchte. Fontane war mit Friedrich Witte, der in Rostock eine pharmazeutische Fabrik besaß, seit seiner Apothekerzeit bekannt, Wittes Frau Anna war die Patentante Metes. Als Fontane erfuhr, dass man in Rostock einen gemeinsamen Aufenthalt im Riesengebirge beschlossen hatte, war er davon sehr angetan. In dem Brief an Mete gab er auch eine aktuelle Geschichte wieder, die er wohl von Friedlaender erfahren hatte. Prinz Heinrich, der Bruder von Kaiser Wilhelm II. und spätere Großadmiral, verlebte gerade in diesen Tagen seine Flitterwochen auf dem Schloss in Erdmannsdorf, Fontanes erstem Urlaubsort im Riesengebirge. Bei seinen täglichen Spazierfahrten ließ der als schlicht bekannte Prinz aus Freude am Selbstkutschieren den Hofkutscher hinten bei seiner jungen Frau sitzen, der Prinzessin Irene von Hessen. Das erregte aber den Unwillen ehrbarer Zillerthalerinnen, die sich das nicht erklären konnten und offensichtlich die Prinzessin Irene nicht kannten. Sie meinten, wie könne Prinz Heinrich überhaupt erlauben, dass der Kutscher seine Frau immer mitnimmt.

Seiner alten Freundin Mathilde von Rohr schrieb Fontane:

„Ich will in spätestens acht Tagen fort nach Schlesien. Man weiß ja nie, wie mans trifft, aber wenn es nur leidlich ausfällt, so bin ich alle Mal froh, Berlin auf längere Zeit hinter mir zu haben. (...) In der großen Stadt sind die Alten bloß im Wege. In Krummhübel, wohin ich wieder gehe, ist es in dieser Beziehung besser, man hat noch seine Daseinsberechtigung.

Die Brotbaude.
Lithographie von Gustav Täubert, Mitte 19. Jahrhundert.

Aber dies alles ist keine Klage, so war es immer, so wird es immer sein. Ruhe ist das Beste."

Mete war acht Tage früher als ihr Vater ins Riesengebirge gereist und hatte in der Brotbaude die Zimmer für den Ferienaufenthalt gemietet. Begleitet wurde sie von ihrer Schwägerin Martha. Kurz vor seiner eigenen Abreise schrieb ihr Vater, nun sei er „ordentlich neugierig, auf der Brotbaude das Paket öffnen zu können und die Blätter wieder vor Augen zu haben, die er vor zwei Jahren bei Frau Schiller beschrieb". Im Übrigen zeigte er sich etwas resigniert, denn er hatte die Nachricht vom Tode Theodor Storms erhalten, den er persönlich gekannt hatte.

In einem weiteren Brief stellte er Fragen und erteilte Ratschläge. Er ordnete auch an, ihn in Schmiedeberg am Bahnhof mit einem Zweispänner abzuholen, aber nur „wegen der

Steigung des Weges“, nicht etwa wegen seines Gepäcks. „Denn ich komme nur mit einem ganz kleinen himmelblauen Koffer, der durch Streichen und Aufwichsen immer häßlicher wird“.

Einen Tag nach seiner Ankunft in der Brotbaude berichtete Fontane seiner Frau:

„Vor meinem offnen Fenster singen 3 Berliner Touristen ohne Stimme, aber kreuzfidel. Als sie vor 5 Minuten in den Flur traten, sangen sie ‚Frau Wirtin, wo ist ihr schön's Töchterlein‘, und als Martha im selben Augenblick zufällig aus der Stube trat, riefen sie: ‚Da ist sie schon.‘ Martha hat sich drauf mit ihnen unterhalten, und als sie sich verabschiedeten, riefen sie in die Krugstube hinein: ‚Wo ist das Fremdenbuch?‘ Diese Begegnungen haben nachher noch weitergespielt. Humoristisch-politisches Gespräch. Martha sagte: ‚sie sei für gemäßigte Sozialdemokratie und feinen, aber forschen Konservatismus‘, worauf sie ‚Prosit‘ riefen und mit ihr anstießen. Sie haben sich dann per Karte empfohlen. So lebt man auf der Brotbaude. Martha, wie du weißt, ist das denkbar beste Publikum für solche Szenen und Begegnungen. Heute nachmittag wollen alle Damen, jedenfalls aber Tante Witte, Marthachen und Mete nach Arnsdorf, Mete um

Die Brotbaude in den dreißiger Jahren.

Einkäufe und einen Besuch bei Richters (Elise Eberty) zu machen.

Das Leben hier ist sehr angenehm, Tante Witte reizend und immer bei guter Stimmung und auch alles andere in gutem Einvernehmen. "

Wenige Tage später kam auch Emilie Fontane auf die Brotbaude, und sie waren dann während der ersten vier Wochen zu acht Personen: außer Fontane mit Frau, Tochter und Schwiegertochter, deren Schwester Emma Robert und Tante Witte mit Sohn Richard und Tochter Annemarie. Im zweiten Monat waren dann die vier Fontanes allein, Ende August besuchte sie Sohn Friedel für vier Tage.

In einem Brief an den Schriftsteller und Philosophen Moritz Lazarus hat Fontane eine Beschreibung der Brotbaude gegeben, die nach einem früheren Besitzer benannt war und eigentlich Brodtbaude hätte heißen sollen. Fontane machte im Übrigen keinen Unterschied zwischen Krummhübel und Brückenberg und schrieb im Briefkopf immer „Krummhübel, Brotbaude":

„Die Brotbaude ist ein Korb, der wohl nicht höher gehängt werden konnte: 2500 Fuß, sehr respektabel. Um uns her liegt schon Schnee, freilich nicht viel; dazu die Kirchenglocken von Wang und die Kuhglocken der Hampelbaude; fehlt nur noch der Stier von Uri, um uns ganz in die schweizerische, alpine Welt zu träumen. In der Tat ein Einsamkeitspunkt, aber eine der Koppenstraßen führt an unsrer Tür vorüber, und so kommt es, daß wir an kalten Tagen, wo der Tourist im Tal bleibt, hier still und stumm wie am Nordkap und dann wieder an sonnigen Tagen wie im Prater oder beim Stralauer Fischzug leben. Dann nimmt das Geklapper der Kaffeetassen kein Ende, und Berliner und Sachsen – diese beiden bilden das Hauptkontingent – stehen am 5armigen Wegweiser und kommen zu dem Resultate, daß, wie bei so vielen Studien, das Studium dieses Wegweisers immer konfuser mache. Unsre Einsamkeit wird aber nicht nur durch vorüberflutende Touristen unterbrochen. Die Flut, in Gestalt wiedergeborner Freunde, die man vor 30 Jahren sitzen ließ (wenn man nicht sitzen gelassen wurde), packt uns mitunter und strudelt uns zu Tal, um daselbst an Orten, die sich ebenso durch gute Namen wie schlechten Kaffee auszeichnen, alte Erinnerungen aufzufrischen. Denn gibt es beßre Namen als ‚Zum goldnen Frieden' oder ‚Zur goldenen Aussicht'! In Berlin habe ich regelmäßig das Gefühl des Übriggebliebenseins, der Uhlandschen Säule mit der Stürzebereitschaft [bezieht sich auf Uhlands Gedicht ‚Des Sängers Fluch']; *hier* in Krummhübel, erneuert sich mir alljährlich das Gefühl, daß noch eine ganze Menge von der alten Garde lebt, nur den verschiedenen Invalidencompagnien von oft sehr prunkhaften Namen zugeteilt. Mit anderen Worten, alle sind Würdenträger geworden und stehen mehr oder weniger hoch am preußischen Pegel."

Aus den letzten Sätzen ist die Verbitterung zu erkennen, die Fontane empfand, weil er sich bei öffentlichen Ehrungen übergangen fühlte. Erst Ende dieses Jahres wurde ihm das Ritterkreuz des Hohenzollernschen Hausordens verliehen. 1891 erhielt er zusammen mit Klaus Groth den Schillerpreis, verbunden mit einer Dotation von 3000 Mark, und 1894 wurde er Ehrendoktor der Berliner Philosophischen Fakultät. Sein 70. Geburtstag (1889) und sein 75. Geburtstag (1894) wurden sehr beachtet und gefeiert. Anlässlich des 75. Geburtstages gewährte die preußische Regierung ihm eine lebenslange Ehrenpension. So wurden Ehrungen, wenn auch spät, nachgeholt.

In seinem Tagebuch vermerkte Fontane, dass sie in diesem Urlaub geselligen Umgang mit ihren alten Bekannten hatten, die entweder im Riesengebirge wohnten, wie Friedlaenders in Schmiedeberg oder Richters in Arnsdorf, oder sich als Feriengäste dort aufhielten wie Grosser-Stöckhardts, Graevenitzens und Stobbes.

Schon drei Tage nach seiner Ankunft auf der Brotbaude hatte Fontane eine Einladung zu Friedlaenders nach Schmiedeberg erreicht. Er dankte und kündigte an, er werde mit der Tochter zu Fuß nach Schmiedeberg laufen, wobei er $3^1/_2$ Stunden für den Weg veranschlagte, einschließlich kleiner Pausen bei Leiser (Hotel Schweizerhaus in Brückenberg), Rummler (Goldener Frieden in Krummhübel) und Exner

(Gasthof zur Schneekoppe in Krummhübel). Den Rückweg würden sie dann mit dem Wagen bis Rummler zurücklegen. Falls seine Frau schon eingetroffen wäre, müssten sie allerdings beide Strecken fahren, wie es dann auch geschah.

In diesem Brief bedankte er sich auch für Friedlaenders Charakterisierung des alten Zoelfel, des letzten Krummhübeler Laboranten, von dem noch die Rede sein wird. Fontane hatte seine Erzählung „Der letzte Laborant" kurz vor Antritt des Urlaubs in der Vossischen Zeitung veröffentlicht.

Auch von einem Besuch bei Richters in Arnsdorf und dem Rückweg bei strömendem Regen im Wagen bis Rummler wird in einem Brief berichtet. Der restliche Heimweg wurde dann zu Fuß zurückgelegt. – Die Brotbaude hat den Vorteil, schon zur Mitte des Gebirges hin zu liegen. So konnten die Fontanes, wenn es ihnen in ihrer Einsamkeit zu langweilig war, nach Osten in bekannte Gefilde in Krummhübel wandern, z. B. zum „Goldenen Frieden". Sie konnten sich aber auch nach Westen wenden und den Gasthof zur „Goldenen Aussicht" in Hain aufsuchen, wie Fontane es in dem Brief an Lazarus erwähnt hatte.

Anders war das Leben in der Brotbaude bei schlechtem Wetter. Hierzu soll aus einem Brief Fontanes vom 3. August 1888 an Karl Zöllner zitiert werden:

„Hier im Gebirge wenigstens sind Tage angebrochen, die jede Entfernung vom heimischen Ofen als Wagnis erscheinen lassen. Wir sitzen hier schon 3mal 24 Stunden fest in der Brotbaude, heizen und sprengen mit Ozogen, weil die

Luft jenen bekannten Keller- und Stallcharakter hat, der nur auf freien Bergen und klimatischen Kurorten angetroffen wird. Ohne Boston [damals beliebtes Kartenspiel], das seitens der Damen von 4 $^1/_2$ an bis zur Schlafenszeit gespielt wird, wäre ‚Tante Witte' mit Familienanhang wohl schon wieder abgereist. Einziger Trost: es ist überall so und am Meer oder an Quellen, die man bibbernd 6 Uhr früh trinken muss, noch schlimmer. Wir leben hier zu 8 und üben uns in der Kunst der Umgänglichkeit, was dem einen leichter, dem anderen schwerer wird. Ein Ausbund an Liebenswürdigkeit ist die ‚Witten' (wie Martha sie nennt), die, welche Schwächen sie auch sonst haben mag, die eine große Tugend besitzt, nicht launenhaft und vor allem nicht übelnehmerisch zu sein. Ich habe hier arbeiten wollen, bin aber über ein bisschen Korrekturlesen noch nicht recht hinausgekommen. Zum Teil ist das Wetter schuld, zum Teil die Tageseinteilung, wenn man bis 10 $^1/_2$ Kaffee trinkt und nach einem Schinkenfrühstück um 12 sich um 1 zu Tische setzt, so hat man nicht viel Arbeitszeit. Kämen die Zeitungen früher, so hätte man gar keine (Arbeitszeit), und so wird das Pech, daß der Krummhübler Briefträger erst nach 5 Uhr abends hier oben eintrifft, zu einer Art Segen für mich. (...) Bis zum 10. sind wir hier noch zusammen, dann treten wir einen geordneten Rückzug an. Mete und ich werden wohl am längsten aushalten, weil wir am wenigsten uns einbilden, ‚ohne Komfort' (der meist keiner ist) nicht leben zu können."

Die Postfrage konnte gelöst werden. Der schon genannte Junge Adolf Meergans nahm Fontanes Post vom Postagenten und Lehrer Lösche in Krummhübel im Empfang und brachte sie täglich direkt zur Brotbaude hinauf. Er hat auch das damalige Aussehen dieser Baude mit niedrigen Gasträumen, dem unaufhörlichen Geklapper von Kaffeetassen, den Schwärmen von Wanderern, die dort einkehrten, und die bescheiden eingerichteten Dachkammern Fontanes beschrieben.

Während dieses Urlaubs musste Fontane ärztliche Hilfe in Anspruch nehmen, weil er an anhaltenden Kopfschmerzen litt. Auf Empfehlung von Kommerzienrat Richter suchte ihn der junge Arnsdorfer Arzt Dr. Eisner auf. Dieser spätere Sanitätsrat blieb sein Ferienarzt im Riesengebirge. Dr. Eisner kam als alter Mann in einem Konzentrationslager um.

Vom großen Hochwasser im Riesengebirge bekam Fontane nichts mehr mit. „Weder Queis noch Bober, weder Neiße noch Lomnitz haben uns hier oben etwas zuleide getan." Emilie habe sich aber „sogar in das eigentliche Überschwemmungsgebiet Giersdorf, Zackenfall und Schreiberhau gewagt".

Während des Urlaubs hatte Fontane sein Buch „Fünf Schlösser" korrigiert und die Niederschrift von „Quitt" durchgesehen. Er betonte aber in seinem Tagebuch ausdrücklich, dass nicht viel gearbeitet wurde. Auf der Brotbaude erreichten ihn drei positive Kritiken zu seinem Werk „Irrungen, Wirrungen".

Am 1. September ging sein Urlaub zu Ende, den er von allen bisherigen Aufenthalten im Gebirge als den ruhigsten und behaglichsten bezeichnete. Die Wirtsleute seien sehr angenehm gewesen, und alle hätten sich gut erholt. Nach der Rückkehr setzte er in Berlin die Korrektur von „Quitt" fort. Im Oktober gründete der jüngste Fontane-Sohn Friedrich (Friedel), der Buchhändler war, einen Buchverlag, in dem auch viele Bücher seines Vaters erscheinen sollten.

Kopf der Zeitschrift „Die Gartenlaube".

2. Zum zweiten Mal auf der Brotbaude –Sommer 1890

Der Roman „Quitt" ist in der „Gartenlaube" erschienen und wird Ende 1890 als Buch herausgegeben

Während der Korrespondenz zwischen Fontane und Friedlaender im Winter 1888/89 tauchten in den Briefen Fontanes immer wieder Fragen auf, die das Riesengebirge betrafen. Er erkundigte sich nach gemeinsamen Bekannten, dem Prinzen Reuß in Schmiedeberg, Grossers in Hohenwiese, Richters in Arnsdorf und dem Ehepaar Freiherr von Münchhausen in Erdmannsdorf. Am 12. November bat er Friedlaender um Mithilfe bei seinem Erzählungsband „Von, vor und nach der Reise", an dem er arbeitete. In dieses Buch sollten auch eine Reihe von Erzählungen aus dem Riesengebirge aufgenommen werden. Zwei „Nummern" fehlten ihm noch, und er erhoffte sich Anregungen von Friedlaender. Das Buch sollte erst 1894 erscheinen.

Während des Frühjahrs 1889 setzte Fontane die Korrekturen des Romans „Quitt" fort. Schließlich konnte er am 28. März 1889 mitteilen, dass er das Manuskript an die Zeitschrift „Die Gartenlaube" abgesandt habe.

„Nun habe ich endlich meine Krummhübeler Geschichte in die Welt hinausgeschickt, und ich bin seit vier, fünf Tagen wieder ein Mensch, der einen alten Onkel besuchen (ich habe hier einen 89jährigen Bruder meiner Mutter), ein Buch mußevoll lesen und lange Briefschulden abtragen kann."

Seinem zweiten Sohn Theodor (Theo), Beamter bei der Heeresintendantur, schrieb er am 16. April 1889:

„So wird denn Frühjahr und Sommer 1890 herankommen, ehe Krummhübel und die Welt erfährt, wie die Geschichte mit Förster Frey, den ich in einen Opitz umgetauft, eigentlich gewesen ist. In der Tat ist mir der Zeitpunkt ziemlich gleichgültig."

Erst am 11. November dieses Jahres konnte er Friedlaender mitteilen:

„Die *Frey*-Geschichte wird wohl mit dem neuen Jahr in der ‚Gartenlaube' anfangen, oder doch nicht viel später, wenigstens habe ich in voriger Woche die Korrekturfahnen in Händen gehabt. Leider wird die Geschichte sehr gekürzt und hier und da auch wohl verunstaltet werden; aber dagegen ist nichts zu machen und so gräme ich mich nicht weiter darüber."

Fontane hatte der Redaktion der „Gartenlaube" bei Kürzungen und Änderungen weitestgehend freie Hand gelassen und keine erneute Vorlage des Manuskripts verlangt. Von seinen früheren Kontakten mit diesem Blatt her wusste er wohl, dass ein anderes Vorgehen zu nichts führte.

Im Frühjahr 1889 erfuhr Fontane von einer Ehekrise bei Heinrich Richter und Marie Richter geb. Eberty, „der schönen Frau von Arnsdorf", wie er sie nannte. Der Skandal bewegte nicht nur die „gute Gesellschaft" im Kreis Hirschberg, sondern er wurde auch ein ständiges Thema im Briefwechsel zwischen Fontane und Friedlaender. Als alter Freund des Hauses fühlte sich Fontane bedrückt, und das Geschehen trug sicher zu seinem Entschluss bei, im kommenden Sommer den Urlaub nicht im Riesengebirge zu verbringen. Gewichtiger aber war die ärztliche Empfehlung, in Bad Kissingen eine Kur durchzuführen. Im Brief vom 28. März 1889 hatte er noch das Riesengebirge als mögliche Urlaubslandschaft diskutiert:

„So werden wir denn wohl nach dem Bairischen gehn, wenn ich nicht eins der Dörfer um Hermsdorf herum wähle oder Hermsdorf selbst. Nach Schreiberhau mag ich nicht und Erdmannsdorf ist mir zu sumpfig, der reine Berliner Thiergarten."

Am 8. Juli teilte Fontane mit, dass er nach vielen Jahren Schlesien untreu werden müsse, denn nach beendeter Kur sei die Fahrt dorthin zu weit, Thüringen, wohin er aber auch nicht kam, läge näher. Gegen Ende des Briefes fragte er:

„Werde ich Krummhübel noch mal wiedersehn? Ich liebe es so sehr und verdanke ihm so viele schöne Tage, viel viel mehr als man durchschnittsmäßig in Sommerfrischen zu haben pflegt; dafür haben so viele befreundete Personen und in erster Linie Haus Friedlaender gesorgt. Aber freilich die *Richter*-Tragödie (mit einer kl. Beimischung von Farce) hat viel geändert und ein neuer Aufenthalt an alter Stätte würde doch manches anders erscheinen lassen und an dem Gesamtbilde die koloristischen Valeurs, die das Haus Richter gab, vermissen lassen. Trotzdem wohnte ich gern mal wieder in der so genannten *Schreiberei,* die, wenn ich da war, doppelten Anspruch auf diesen Namen hatte [gemeint ist Haus Schreiber in Krummhübel]."

Die zweite Jahreshälfte 1889 verging, ohne dass Fontane Hinweise auf seine Pläne für den Urlaub 1890 gab, jedoch interessierte er sich weiterhin für die Entwicklung im Hause Richter.

Im Frühjahr 1890 traf beim Amtsgericht in Schmiedeberg ein anonymer Brief aus den USA ein, der sich nach dreizehn Jahren noch einmal mit der Ermordung des Försters Frey im Jahr 1877 befasste. Fontane erfuhr davon durch Friedlaender und äußerte sich dazu am 1. Mai in einem Brief wie folgt:

„Vor allem hat mich natürlich die *Knobloch*stelle interessiert; danach muss man doch wohl annehmen, dass K. der Mörder gewesen ist oder mindestens die Hand mit im Spiel gehabt hat. (...) Übrigens werden wenige Förster totgeschossen, von denen noch nach zehn, zwölf Jahren so viel Radau gemacht wird." Im gleichen Brief bedankte sich Fontane für die Rezension von „Quitt" in der Fassung der Zeitschrift „Die Gartenlaube", die ab Anfang des Jahres erschienen war. Der Hirschberger Arzt Dr. Oswald Baer hatte den Roman besprochen, und Fontane war nun erleichtert, dass seine Behandlung des Stoffes bei der örtlichen Bevölkerung keinen Verdruss ausgelöst hatte.

Der praktische Arzt Dr. Oswald Baer war Schriftführer des 1880 gegründeten Riesengebirgsvereins (R. G. V.), der sich Werbung für das Gebirge, Erschließung und Markierung der Wanderwege, Aufstellen von Wegweisern und Herausgabe von Wanderkarten zum Ziel gesetzt hatte. Nachdem „Die Gartenlaube" den Roman mit Folge 11 des Jahres 1890 abgeschlossen hatte, veröffentlichte Dr. Baer seine Rezension in der Vereinszeitschrift „Der Wanderer im Riesengebirge", deren Schriftleiter er war. Dabei untersuchte er zunächst, inwieweit der Roman mit der historischen Wahrheit übereinstimmt, weil viele noch lebende oder gut bekannte Personen im Roman mit Namen aufgeführt sind. Dem Ermordeten stellte er kein gutes Zeugnis aus. Frey alias Opitz sei als Förster wenig beliebt gewesen, und er habe zur Gewalttätigkeit geneigt, besonders wenn er betrunken war. Dann habe er mehrere Bekannte mit der Waffe bedroht. Auch sein Familienleben sei nicht glücklich gewesen. Dr. Baer wies darauf hin, dass gerade das Geheimnis, das über dem Verbrechen lag, die Phantasie anregte. Dem Dichter sei es aber erlaubt, Charaktere umzumodeln, neue Personen zu erfinden, vorhandene wegzulassen, die Ursache des Verbrechens in die Vergangenheit zu schieben und Opfer und Täter in direkte Nachbarschaft zu bringen. Es sei ihm gelungen, die Tat psychologisch zu begünden, den Läuterungsprozess des Täters glaubhaft zu schildern und die Sühne zu motivieren. Die Schlesier dürften sich freuen, dass ein Poet in ihren Bergen Menschen fand, deren Liebe und Hass ihm würdig für eine dichterische Verklärung erschienen.

Abschließend drückte Dr. Baer jedoch ein gewisses Bedauern aus, dass Fontane zwar alle Schauplätze des Romans topographisch korrekt genannt, aber die Erhabenheit der Bergnatur im Riesengebirge zu wenig berücksichtigt habe. Er versuchte das aber zu verstehen. Der Dichter habe im Roman das Gebirge nicht mit seinen Augen, nämlich denen eines Fremden, gesehen, sondern mit den Augen der handelnden Personen, denen ihre Heimat vertraut ist. Positiv sah er, dass Fontane viele Menschen, denen er in Krummhübel begegnete, im Roman erscheinen ließ und dass er die örtlichen Verhältnisse vortrefflich schilderte. Fontane lernte wenig später Dr. Baer auf der Brotbaude kennen.

Am 27. Mai 1890 teilte Fontane in einem Brief an Friedlaender seine bevorstehende erneute Reise nach Kissingen mit und stellte einen Vergleich Kissingen – Krummhübel an:

„Auf Kissingen, wo wir im vorigen Jahr sehr angenehm lebten, freuen wir uns sehr; wenn man alt geworden und am Rennen und Steigen und Nachtquartier in einer

Der Große Teich in den dreißiger Jahren.

Sennhütte kein Gefallen mehr findet, sind solche großen Bäder mit ihren Zerstreuungen eigentlich das Beste; Krummhübel hat schon ein bisschen davon, aber quartiert man sich auf der Brotbaude ein, so ist man eigentlich wie in Tabora oder Kavirondo [Bezirksort in Deutsch-Ostafrika und Landschaft in Britisch-Ostafrika]."

In diesem Jahr reiste Fontane aber nach der Kur doch noch ins Riesengebirge. Bereits am 29. Mai stellte er Friedlaender ein Wiedersehen für Anfang August in Aussicht, und einen Monat später teilte er seine Ankunft in Krummhübel nicht vor dem 7. August mit. Nach der Rückkehr aus Kissingen befasste er sich in Berlin zunächst mit der Vorbereitung der Buchausgabe von „Quitt". Am 21. Juli reiste Mete voraus und versuchte, in der Brotbaude wieder Zimmer zu mieten. Da dort bis zum 4. August alles besetzt war, musste sie zunächst in einem anderen Haus wohnen, „aber auf der gleichen Alm", wie ihr Vater sich ausdrückte. Am 4. August folgten die Eltern auf die Brotbaude. In den ersten vierzehn Tagen war auch Sohn Friedel bei ihnen.

Der Kleine Teich mit Baude heute.

Die Prinz-Heinrich-Baude in den dreißiger Jahren.

Von der Brotbaude aus schrieb Fontane am 12. August an Friedlaender und lud ihn und seine Frau für den 13. August ein. Am 21. August bedankte er sich bei ihm für die drei gemeinsam verlebten Tage. Fontane bezeichnete diesen Urlaub als wundervoll. Ein Ausflug nach Wolfshau wurde unternommen, wo sie ihre Ferienbekannten, Frau Rogalli und Frau Sophie von Scharfenort, besuchten. Am 9. September folgte sogar eine große Tour, die zu den Teichen – Kleiner und Großer Teich – und auf den Kamm zur Prinz-Heinrich-Baude führte. Diese Baude, von der aus Fontane eine Ansichtskarte an Friedlaender schrieb, war erst im Vorjahr eingeweiht worden, wobei sie nach dem Bruder des Kaisers benannt wurde. Da die Brotbaude 820 m ü. d. M., die Prinz-Heinrich-Baude aber 1410 m ü. d. M. liegt, also ungefähr 600 Höhenmeter auf einem teilweise sehr steilen Weg zu bewältigen waren, muss sich Fontane in diesem Urlaub einer recht guten Kondition erfreut haben.

Die literarische Arbeit bei diesem Aufenthalt auf der Brotbaude war die Korrektur von „Unwiederbringlich". Emilie fertigte danach eine Abschrift des Manuskripts an, wie sie es

Einband der Erstausgabe von „Quitt".

stets tat. Bis zum Schluss des Urlaubs blieb Fontane „glücklich und zufrieden", wie er an Paul Schlenther schrieb. Friedrich Stephany von der „Vossin" teilte er mit, dass es „hier oben himmlisch ist" und „ich beklage die reichen Leute, die verstimmt und gelangweilt in Interlaken oder auf Rigi-Kaltbad ihre Zeit absitzen müssen".

Am 22. September kehrten die Fontanes nach Berlin zurück, „mit einem schlesischen Mädchen, das schon oben auf der Brotbaude unsere Bedienung machte". Eine Woche nach der Rückkehr schrieb Fontane aus Berlin an Friedlaender:

„Hoch geehrter Herr. Gerade eine Woche ist es, auf die Stunde, daß ich Sie zum letzten Mal auf der Brotbaude sah,

Sie und den Pius-Ritter und Bergel. Es ist mir ein Bedürfnis, Ihnen von hier aus nochmals zu danken für die große Liebenswürdigkeit und Treue im Besuch der Brotbauden-Einsiedler. Überschlagen wir jetzt hier das Maß unserer Kräfte, das, durch ein hier herrschendes sciroccohaftes Wetter noch wieder starke Einbußen erfahren hat, so erscheint unser ‚Nicht-Hinabsteigen ins Tal', um dessentwillen wir uns oft selbst verklagt haben, als eine läßliche Sünde. Am Todestag meines Sohnes war ich draußen in Lichterfelde, um ihm einen Kranz von Enzianen aus der Richterschen Kleinen-Teich-Bauden-Gegend aufs Grab zu legen, – sonst habe ich mich noch nicht von der Stelle gerührt. Meinen Damen geht es nicht besser, alles matt und welk. Wir sehnen uns nach Aufleben und Betätigung von 7 Wochen lang aufgespeicherter Gebirgskraft."

Anzumerken zu diesem Brief ist noch, dass mit „Pius-Ritter" der vorerst in seiner Ehe wieder ausgesöhnte Kommerzienrat Richter aus Arnsdorf gemeint ist. In der ihm gehörenden Kleinen-Teich-Baude hatte er das Glöcklein erneuern lassen, das die Gebirgswanderer zur Andacht mahnte. Daraufhin erhielt er von Papst Leo XIII. den Piusorden II. Klasse. Karl Johann Bergel entstammte einer jüdischen Kaufmannsfamilie. Er war zum Christentum übergetreten und lebte als Dorfschulmeister in Quirl bei Buchwald. Bergel war mit Fontane und Friedlaender bekannt.

Ende November 1890 erschien der Roman „Quitt" in ungekürzter Form als Buch im Verlag Wilhelm Hertz. Fontane vermerkte im Tagebuch:

„Die Welt nimmt wenig Notiz davon, nicht einmal Kritiken erscheinen. Es muss auch so gehn."

Diese Aussage war allerdings etwas übertrieben. Die erste schriftliche Reaktion erreichte Fontane in Form eines ausführlichen Briefes vom 15. Dezember 1890, den sein Freund, der Dichter Paul Heyse, geschrieben hatte. Im Gegensatz zu Fontane ist Heyse heute weitgehend vergessen, obwohl er der dritte deutsche Nobelpreisträger für Literatur war. Im 2. Weltkrieg wurde sein historisches Schauspiel „Kolberg" Vorlage für das Drehbuch des gleichnamigen Films. Die Stellungnahme Heyses, der betonte, nicht als Rezensent tätig zu sein, ist überwiegend positiv und teilweise humorvoll abgefasst. Er habe den Roman „verschlungen". „Als Mann der neuen Zeit und halb und halb der ‚neuesten Richtung'" habe Fontane „eine feine Witterung dafür, daß der Roman der Zukunft einen internationalen, ethnographischen Charakter tragen und zu seinem Genuß die Beherrschung von mindestens drei lebenden Sprachen nötig sein wird." Mit dem Schluss des Romans war er nicht zufrieden. „Ich frage mich: wäre wirklich keine Sühne möglich? wirklich kein Lebensglück durch Reue und Buße und tatkräftige Liebe zu verdienen?"

Die erste Besprechung des Buches veröffentlichte der ebenfalls mit Fontane bekannte, früher schon genannte Paul Schlenther in der Sonntagsbeilage der Vossischen Zeitung vom 21. Dezember 1890. Sie war überwiegend wohlwollend abgefasst. Schlenther wies aber darauf hin, dass für den ersten, in Schlesien spielenden Teil Land und Leute selbst die Quelle des Autors waren, für den zweiten Teil aber Bücher über Land und Leute. Sie unterscheiden sich voneinander wie die wirkliche von der gemalten Landschaft. Da Fontane teils Neu-Ruppiner, teils Alt-Franzos ist, wären ihm auch im zweiten Teil Meisterstücke der Charakterisierung gelungen, nämlich das Neu-Ruppiner Philisterehepaar Kaulbars und der ehemalige französische Kommunarde Monsieur l'Hermite. Abschließend meint Schlenther:

„So ist Fontanes ‚Quitt'-Roman trotz der Ungleichheit seines künstlerischen Realismus eine feine und tiefe moderne Variante jenes so oft vergessenen pharisäerfeindlichen Christuswortes von dem Sünder, der Buße tut und den tausend Gerechten (Gottfried Keller würde hinzufügen Kammachern), die dem Himmel weniger Freude verursachen."

Fontane bedankte sich beim Rezensenten und meinte, nie sei er schmeichelhafter und zutreffender charakterisiert worden. „Aber der Franzose, je älter ich werde, kommt immer mehr heraus. Hoffentlich; denn die Kaulbarse sind gute Leute, aber gräßlich."

Die nächste Rezension kam am 13. Februar 1891. Sie wurde in der von Otto Brahm herausgegebenen „Freien Bühne

Paul Heyse (1830–1914), mit Fontane befreundeter Schriftsteller.

Bruno Wille (1860–1928), Schriftsteller (links), mit Gerhart Hauptmann.

für modernes Leben" veröffentlicht. Diese Zeitschrift vertrat den Naturalismus in der Literatur. Bruno Wille, Mitbegründer der „Freien Volksbühne", verglich „Quitt" mit dem Roman „Schuld und Sühne" (Raskolnikow) von F. M. Dostojewskij. Er wies aber darauf hin, dass der Stoff von beiden Dichtern sehr unterschiedlich behandelt wurde. „Dostojewskij wirkt dämonisch, mit einer spannenden, ja folternden Nervosität. Fontane – wie ein echter Preuße – mit einer Fassung, welche zuweilen an Trockenheit streift und nebenbei reich an Humor und behaglicher Behandlung lokalpatriotischer Motive ist." Im zweiten Teil hätte sich Wille eine deutlichere Motivierung für die innere Wandlung des Täters Menz gewünscht. Er wies auch darauf hin, dass die Philosophie der göttlichen Vorbestimmung, wie sie den Mennoniten eigen ist, offensichtlich auch den Autor selbst beeinflusst hat.

Nachdem er die Rezension Willes gelesen hatte, machte sich Fontane in einem Brief an Tochter Mete über den Vergleich mit Dostojewskijs Roman etwas lustig. Im Juli 1891 erschien in der „Deutschen Rundschau" eine Besprechung durch den Bruno Wille nahe stehenden und späteren Wahlschlesier Wilhelm Bölsche. Er kommt auf den Vergleich mit „Schuld und Sühne" von Dostojewskij zurück und weist zu Recht darauf hin, dass Raskolnikow durch sein Gewissen an den Tatort des von ihm begangenen Mordes zurückgetrieben wird. Lehnert Menz dagegen hat keine Bedenken wegen des Mordes, wenn die Tat denn einer war, sondern wegen der unterlassenen Hilfeleistung für den schwer verwundeten Förster, also wegen einer Schuld gegen das allgemein menschliche Mitleid. Insgesamt beurteilt Bölsche den Roman „Quitt" positiv:

„‚Quitt' zerfällt in zwei scharf gesonderte, schon durch den Schauplatz (...) getrennte Hälften. Die erste ist die Einleitung zu einem ungemein spannenden Kriminalroman. Die zweite ein Idyll, voll des köstlichen Humors. Auf den letzten Seiten schlägt dieses Idyll dann jäh um zur erschütternden Tragödie; aber der Eindruck des Idylls überbietet dieses Ende so übermächtig, ja durchflicht es mit seinen Wurzeln so vollkommen, daß man unter mildem Sonnen-

Wilhelm Bölsche (1861–1939), Schriftsteller und Naturphilosoph.

licht aus der Szene zu wandeln glaubt, anstatt im Gewitter. So etwas zu schaffen ist allein ein Kunststück, das seinesgleichen sucht."

Der Herausgeber der „Deutschen-Rundschau", Julius Rodenberg, hatte Fontane diese Rezension übersandt. Fontane antwortete und meinte sinngemäß, Bölsches Rezension sei zwar sehr liebenswürdig, habe aber aus dem Roman etwas herausgelesen, von dem er selbst als Autor nichts wisse. Daraus entspann sich noch ein Briefwechsel zwischen Fontane und Bölsche, den dieser in seinen Erinnerungen erwähnte.

Im Februar 1891 war in Velhagen & Klasings „Neuen Monatsheften" eine Besprechung durch Paul von Szczepanski gedruckt worden. Diese Kritik gab im Gegensatz zu den meisten anderen dem zweiten Teil des Romans den Vorzug:

„Ich möchte recht vielen Lesern wünschen, daß sie sich ohne Ermüdung durch den ersten Teil hindurchlesen und mit frischer Kraft an den zweiten gelangen, denn die Mühe lohnt sich. (...) Der zweite Teil zeigt den Dichter von einer Frische, welche die Längen des ersten Teils schnell vergessen läßt."

Auf diese Kritik hat Fontane in einem Brief an Hermann Pantenius, den Herausgeber der „Monatshefte", mit großer Gelassenheit reagiert.

Eine völlig ablehnende Rezension erschien am 1. April 1891 unter dem Kürzel h. m. in der Halbmonatsschrift „Deutsche Dichtung", deren Herausgeber Karl Emil Franzos war. Der Roman sei „nicht echter Fontane". Nur wenige Figuren seien gut, scharf und treffend gezeichnet, so die Mutter Menz und der Förster Opitz. Die amerikanischen Figuren seien allesamt Schemen. „Die Götter mögen wissen, aus welchem mittelmäßigen Hinterwäldler-Roman sich Fontane diese Gestalten zusammengebraut hat." Das amerikanische Lokalkolorit hätte Fontane gar nicht, das schlesische viel schwächer getroffen, als man es von ihm gewohnt sei.

Schließlich brachte die Nationalzeitung am 18. September 1891 noch eine Besprechung von Siegfried Samosch. Ähnlich wie Paul Heyse in seinem bereits erwähnten Brief ist der Rezensent der Ansicht, dass die Lösung des Konfliktes, in den Lehnert Menz geraten ist, unwahrscheinlich erscheint und eine mehr versöhnliche Lösung vorzuziehen gewesen wäre. Abgesehen davon wird der Roman aber als ein neues hervorragendes Werk Fontanes bezeichnet. – Später wird noch davon die Rede sein, wie sich die Beurteilung von „Quitt" im Laufe der Jahrzehnte nach Fontanes Tod entwickelte.

3. Fontane zum letzten Mal im Riesengebirge – Sommer 1892

Während seines Aufenthalts in der Villa Gottschalk ist Fontane schwer krank

Fontane und Gerhart Hauptmann

Das Jahr 1891 sollte ohne einen Urlaub Fontanes im Riesengebirge vorübergehen. Durch seinen Briefwechsel mit Friedlaender wurde er aber immer wieder an seine früheren Ferienorte erinnert. Am 19. Januar bedankte er sich etwas neidvoll für eine Ansichtskarte von der Prinz-Heinrich-Baude und am 5. Februar für eine weitere Karte von den böhmischen (österreichischen) Grenzbauden, die ihm besonders gut gefiel:

„Die östreichische Kunst, so weit sie auf einer Postkarte zum Ausdruck kommen kann, ist der k. preußischen überlegen. Die kleine Zeichnung wirkt erheiternd und einladend, während die Heinrichsbauden-Photographie mit dem schwarzen Klex in der Ecke (Mittagsstein) [einzeln stehender Felsen auf dem Kamm] einen langweiligen Eindruck macht." Er kann es aber nicht lassen, wieder einmal auf den Betrieb in der österreichischen Riesenbaude auf dem Koppenplan mit ihren Zitherspielerinnen („Harfenjulen") zurückzukommen: „Wahrscheinlich ist auch das Leben auf den Grenzbauden viel unterhaltlicher; nur hat das Oestreichische – ich denke dabei an die Riesenbaude – so leicht einen Beigeschmack von Bumms." Aus einem Brief vom 25. Februar 1891 geht hervor, dass an diesem Tag die Vossische Zeitung einen Artikel von Friedlaender über das Riesengebirge gebracht hat, in dem er unter anderem über eine Hörnerschlittenfahrt berichtete. Am 3. Mai teilte Fontane mit, dass im kommenden Sommer seine Frau und er wieder zur Kur nach Bad Kissingen reisen würden. Nach einem Zwischenaufenthalt in Berlin wollten sie dann im August „wieder ins Gebirge gehn, am liebsten an die alte Stelle", das heißt die Brotbaude. „Kommt es noch dazu und ist das Wetter nicht zu schlecht, so will ich diesmal mehr steigen als früher; schade, das man immer an der entsetzlichen Schlingelbaude vorbei muß." Im nächsten Brief erwähnt er die Schlingelbaude noch einmal: „Schade, daß die Stahlquelle nicht bei der Anna-Kapelle entspringt; aber ‚Schlingelbaude', das will mir nicht eingehn, abgesehn von dem langen, arroganten Schlaaks, der jetzt dort oben sein Wesen treibt."

Aus diesen brieflichen Äußerungen ist zu ersehen einmal, dass Fontane sich zu der Zeit gesund und leistungsfähig fühlte, denn er wollte noch mehr steigen als beim letzten Aufenthalt auf der Brotbaude. Zum anderen hatte er offensichtlich eine Aversion gegen die Schlingelbaude und ihren damaligen Wirt, den genannten „langen, arroganten Schlaaks". An der 1067 m hoch gelegenen Schlingelbaude musste man vorbei, wenn man von der Brotbaude zur Schneekoppe oder zur Prinz-Heinrich-Baude aufstieg. Über die Ereignisse um die Schlingelbaude und über die Stahlquelle hatte Fontane Informationen von Friedlaender erhalten. Heinrich Einert, ein ehemaliger Schaffgotsch'scher Revierförster, hatte 1889 die alte

Die alte und die neue Schlingelbaude in den dreißiger Jahren.

Schlingelbaude mitsamt 24 Morgen Wiesenland für 21.000 Mark erworben. Er hatte vor, gegenüber der alten Baude und unter Nutzung einer in der Nähe bestehenden Stahlquelle ein Sanatorium mit dem Namen „Baude am Haideschloß" zu errichten. Die Pläne kamen nicht zur Ausführung. Übrig blieb das 1894 entstandene Gebäude des Sanatoriums, das 1896 wieder in Gräflich Schaffgotsch'schen Besitz überging. Es erhielt den Namen „Neue Schlingelbaude". Diese Baude wurde nach dem Kriegsende 1945 durch einen Brand zerstört.

Aus dem Plan Fontanes, wieder ins Riesengebirge zu reisen, wurde nichts. In seinem Brief an Friedlaender vom 18. Juli führt er die Gründe dafür an:

„Mit meiner Reise ins Gebirge bzw. mit einem Aufenthalt auf der Brotbaude kann es nichts werden, so sehr ich diesen Fleck Erde auch liebe, mehr als irgend einen, den ich kenne. Daß es in diesem Jahr nicht geht, hängt so zusammen: meine Tochter ist auf einem Gut bei Stralsund und bleibt dort bis über Mitte Oktober, während meine Frau erklärt, bei aller Würdigung der schönen Natur, doch die Blasiusse [mit Blasius pflegte Emilie einen anhaltenden kräftigen Wind zu bezeichnen], die dort oben beständig zu Hause sind, nicht ertragen zu können. Ich muß dies gelten lassen; im vorigen Jahre haben Frau u. Tochter 4 Wochen lang Nachts keine zwei Stunden geschlafen, die Tochter nicht, wegen ihrer nervösen Angstzustände, die Frau nicht, wegen der ewigen Stürme. So müßte ich denn dort oben allein sitzen oder (noch schrecklicher) in Gesellschaft eines dorthin verschlagenen großmäuligen oder vergrätzten Berliners oder gar einer knausrigen und wichtigtuerischen Berlinerin. Unter diesen Umständen habe ich die Brotbaude, sehr zu meinem Schmerz, aufgeben müssen und werde – weil mir all die anderen Plätze: Wernigerode, Thale, Harzburg, Ilmenau, Friedrichsroda nach gerade zu langweilig geworden sind – höchst wahrscheinlich Ihren Spuren folgen und auf Föhr oder Sylt oder Helgoland mein Heil versuchen."

Das tat er auch und begab sich Anfang August für beinah vier Wochen nach Wyk auf Föhr, wo er mit der Familie Friedlaender zusammentraf. Seine Frau Emilie war in Berlin zurückgeblieben, denn das Haus Potsdamer Str. 134 c, in dem die Fontanes wohnten, wurde einer Reparatur unterzogen, und Emilie wollte alles überwachen. In den Monaten nach seiner Rückkehr nach Berlin interessierte sich Fontane für den Gebirgsklatsch, den ihm Friedlaender übermittelte, schrieb, er habe Holteis Gedichte gelesen und Moltkes Briefe aus Schlesien, in denen auch von einer Tour auf die Koppe berichtet wird. Eine besondere Freude hatte er im September, als die Mutter des Hausmädchens aus dem Riesengebirge einen ganzen Korb voller Enzian nach Berlin sandte.

Mitte Januar 1892 teilte Fontane mit, dass er zu Hause ein Abendesssen für Gerhart Hauptmann, Otto Brahm und Paul Schlenther gab. Dann verschlechterte sich sein Gesundheitszustand im weiteren Verlauf des Winters dramatisch. Im März erkrankten er und Emilie an Influenza, Emilie schwerer als ihr Ehemann. Aber während sie sich ziemlich rasch wieder erholte, blieb das Befinden Fontanes schlecht. Seine Briefe an Friedlaender umfassten nur noch wenige Zeilen, in denen er seine schlechte Verfassung beklagte. Antriebsschwäche, Müdigkeit und Schlafstörungen sind seine Hauptbeschwerden. Er ist nicht mehr in der Lage, weiter zu schreiben, und das Leben erscheint ihm sinnlos. Als Apotheker weiß er, mit welchen damals verfügbaren Medikamenten er die Schlaflosigkeit bekämpfen kann. Es handelt sich im Wesentlichen um bromhaltige Präparate, die zwar schläfrig machen, aber danach zu einer noch ausgeprägteren Antriebsschwäche führen.

Am 4. April dachte er dennoch an den Urlaub und nannte Seidorf als möglichen Ferienort. „Die alten Stätten möchte ich vermeiden." Am 22. April teilte er mit, dass sich sein Befinden zusätzlich verschlechtert habe, weil er infolge des Fehlers eines Apothekers das Zehnfache der zulässigen Dosis Morphium einnahm. Im gleichen Brief übermittelte er Friedlaender seine bisherigen Überlegungen zum Urlaubsort:

„Seit gestern liegt die Brey'sche Karte des Riesengebirges, die ich, ich glaube, Ihrer Güte verdanke, aufgeschlagen vor uns, weil wir nach einem passenden Platz suchen, und zwar für verhältnismäßig nahe Zeit schon, erste Junitage, will sagen in 5 – 6 Wochen. In die Brotbauden-Höhe wollen wir nicht, einmal aus Gesundheitsgründen, dann weil es meiner Frau zu windig und zu verbrecherisch angekränkelt ist. Der Erdmannsdorfer Sumpfstrich in der Tiefe brütet Malaria, und so haben wir unsere Augen auf die Linie gerichtet, die mit Arnsdorf (was wegen Richters ausgeschlossen ist) beginnt und mit Schreiberhau aufhört. Am anheimelndsten erscheint uns Petersdorf, das wundervolle Verbindungen hat. Das Einzige, was dagegen spricht, ist die zu große Entfernung von Schmiedeberg i. e. Friedlaenders. Vielleicht läßt es sich doch machen. Erschrak doch Ihre Güte selbst vor der Brotbaude nicht. Ihr nächster Brief macht uns vielleicht Vorschläge; ganz in der Unter- oder Thal-Linie möchten wir nicht gerne hausen.“

Aus diesem Brief ergibt sich, dass sich mit der Erkrankung nicht nur das physische, sondern auch das psychische Befinden des Dichters verändert hat. Er neigte schon immer dazu, von Anerkennung und Lob abrupt zu Ablehnung und Tadel überzugehen und zeigte sich bei der Wahl des Urlaubsortes auch meistens unentschlossen. Jetzt kann man aber schon von einer krankhaften Nörgelei sprechen. Zusätzlich wird er immer abhängiger von den Launen von Frau und Tochter.

Friedlaender hatte offensichtlich einige Vorschläge unterbreitet, denn am 9. Mai antwortete Fontane ihm:

„Wie Sie sich denken können, sind Ihre freundlichen Vorschläge des Weiteren durchgesprochen worden. Wir stimmen auch überein damit, daß Krummhübel-Brückenberg das Allerschönste ist und ginge es nach mir, so rückten wir wieder auf die Brotbaude, die für mich nicht blos eine von Wald umzirkte Wiesen-Insel ist, sondern (...) die ‚Insel der Seligen‘ bedeutet. Ich habe doch manch Stück Landschaft gesehn, große und kleine Scenerie, aber nichts was mir so ans Herz gewachsen wäre, so ganz dem entspräche, was ich von einer stillen Sommerfrische verlange. Es geht aber nicht; meine Tochter darf, nach ärztlicher Verordnung, nicht so hoch hinauf und was noch wichtiger ist, meine Frau steht dort unter dem Doppelgestirn von Graul und Langerweile. Sie sieht nicht genug und dann auch wieder zu viel. An manchen Tagen muß sie sich damit begnügen, *Schmidt* [Wirt der Brotbaude] anspannen, abfahren und wiederkommen zu sehn und wenn wir dann Abends in die Schenkstube gehn, um noch persönlich eine ‚Grätzer' oder einen Ingwer zu bestellen, befinden wir uns plötzlich in einer Abruzzen-Spelunke. Für mich und meine Tochter steigert dies den Reiz, denn wir können es dem Amtsgerichtsrath *Friedlaender* überlassen, sich vorkommenden Falls mit diesen Elementen gemüthlich auseinanderzusetzen, meine Frau aber, die als alte Berlinerin, ein beständiges Schutzmannsbedürfniß fühlt, hat diese die Angst lösende Helmspitze dort oben nicht nah genug, und will deshalb lieber ‚zu Thale'. Da wäre ja nun Krummhübel das Nächste, dessen Schönheit zudem unbestritten bleibt. Aber wir kennen es zu gut; da steht Exner und drüben steht *Loesche* und ‚dann kommt die ganze *Schreiberei* und dann Schuster Lindau und dann Meergans mehr oder weniger unter Spiritus und dann der schwarze *Rumler*, dessen Frau auf dem Liebhabertheater die alten Gräfinnen spielt und dann Frau *Schiller* und zuletzt gar Fräulein Bollmann aus Berlin, die so gut kochen soll und einen doch wenig behaglich stimmt. Ich war zu oft da und habe zu viel erfahren. Auf Nordernei ging es mir seinerzeit ebenso. ‚Nur der Irrthum ist das Leben.' Also lieber ein neuer Platz und ein neuer Wahn. Buchwald, hochgelegen, Wald und Schatten, das lockt, und alle Plätze, die, verhältnismäßig nah von Schmiedeberg, Aehnliches bieten. Ja Schmiedeberg selbst, erschrecken Sie nicht, wäre willkommen, wenn sich auf einer Sandscholle (vor Sumpf und Pilzen unter Dielen habe ich einen Graul) was Nettes finden ließe. Die Verpflegungsfrage ist nicht ängstlich, weil wir unser Mädchen mitbringen. Alles was wir bitten können, läuft darauf hinaus, daß Sie in Ihrer Güte gegen uns drei, vier Plätze – sämtlich nicht über Buchwald hinaus, überhaupt je näher, je besser – zur engeren Wahl bringen. Meine Tochter will dann, gleich nach Pfingsten, als Reisemarschall voraufgehn und etwas Bestimmtes miethen. In der Regel hat sie's gut getroffen. Wir freuen uns sehr auf

Schlesien und ein Wiedersehn mit Ihnen, weil wir beiden Alten fühlen, daß es hier in der Berliner Luft nichts mit uns wird; die Nachwehen der Influenza wollen nicht weichen und an Arbeit ist gar nicht zu denken. Dem entsprechend ist die ganze Stimmung nicht geradezu jammervoll, aber resigniert, alles unter der Trauerfahne: ‚was soll der Unsinn?' Ein sonderbares Gefühl des totalen Überflüssigseins beherrscht mich und wiewohl ich eigentlich nie ‚eine Zeit' gehabt habe, fühle ich doch, meine Zeit liegt zurück. Alles weggestorben und der Blick der Jüngeren drückt das aus, was Friedrich der Große auf seiner letzten Fahrt durch das Ruppinsche sagte: ‚mein Gott, lieber Rathnow, ich dachte Er wäre lange todt.' Manche Blicke sind auch nicht so gemüthlich und erinnern mehr an ‚Racker's, wollt ihr denn ewig leben'. In Indien wurden früher die Alten auf große Bäume am Ganges gesetzt und dann begann ein Schütteln. Die sich nicht mehr halten konnten, fielen in den Fluß und wurden weggeschwemmt. Wenn man in die Herzen sehen könnte, würde man finden, daß dieses Verfahren auch bei uns stille Anhänger zählt."

Vom 13. Mai liegen einige wenige Zeilen Fontanes vor, die einem Brief Emilies an Friedlaender beigefügt wurden. Er schrieb, dass er so elend wäre, dass ihm jede Zeile schwer wird. Seine Angehörigen waren in ernster Sorge, da sie eine geistige Umnachtung befürchteten. Friedlander hatte inzwischen in der Nähe der Schmiedeberger Stadtgrenze Zimmer in der Villa Gottschalk gemietet. Wo dieses Haus genau lag, ist schwer festzustellen, denn es werden unterschiedliche Angaben gemacht. Fontane benutzte bei den wenigen Briefen, die er aus dem Urlaub im Sommer 1892 schrieb, als Briefkopf entweder „Villa Gottschalk" oder „Zillerthal". Ein Hinweis, den Friedlaender in seinem Nachruf auf Fontane gab, lässt darauf schließen, dass die Villa Gottschalk bereits in dem zwischen Zillerthal und Schmiedeberg liegenden Dorf Quirl stand und vielleicht auch noch steht.

So kam Fontane doch in den von ihm verabscheuten „Erdmannsdorfer Sumpfstrich" mit „brütender Malaria". Es erübrigte sich, dass Tochter Mete vorher reiste. Im Brief vom

17. Mai bestätigte Fontane ihre Ankunft für Sonnabend, 21. Mai:

„Hochgeehrter Herr.
Herzlichsten Dank für so viel Liebe und Güte, die uns beschämt. In was uns so viel Wohlwollen einführt, darüber muß ein guter Stern stehn und so hoffen wir denn auf Genesung und Erfrischung angesichts des schönen Gebirges, dem wir schon so viele glückliche Sommer verdanken.

Wir wollen Sonnabend 8.43 oder so ungefähr hier fort und hoffen kurz vor 6 in Schmiedeberg einzutreffen. Die Frachtkiste kommt ein paar Tage *nach* uns, aber mit uns zugleich (4 Personen) [Fontane, Emilie, Mete und das Hausmädchen] treffen zwei Körbe, 1 Koffer und etliche Taschen ein, so daß wir, wenn nicht 2, so jedenfalls einen sehr großen Wagen gebrauchen werden. Ihre Güte trägt wohl auch dafür Sorge.

Sie alle wiederzusehn, auch die Kinder, freuen wir uns herzlich. Einen Abendimbiß bringen wir uns mit und empfehlen uns Ihrer Gastlichkeit erst für die Tage, die kommen. Schönste Grüße, auch an Bergel. In vorzügl. Ergebenheit.

Th. Fontane"

Wenn man damals für viele Wochen an einen Ferienort reiste und dort selbst wirtschaften und kochen wollte, gab es vieles zu bedenken und zu regeln. Deshalb schrieb Fontane kurz vor der Abreise am 19. Mai noch einmal an Friedlaender:

„Das Ehepaar Gottschalk wirkt erfreulich gewissenhaft, aber auch mit den Mängeln davon, ein bißchen zu feierlich. Vielleicht ist es aber doch am besten so. Betten bringen wir also mit, aber nur für mich; die gesamte Weiblichkeit will es mit allerlei Zudecken versuchen und wenn diese bei der wohl noch bevorstehenden Kälte versagen, so wollen sie Bauerbetten oder auch Schmiedeberger Stadtbetten zu miethen suchen. Mir scheint das verständig; Ueberzüge etc. bringen wir mit. Daß wir erst heil an Ort und Stelle sind, wünschen wir uns, aber auch Ihnen ‚denn dieser letzten Tage Qual war groß' (für Sie); sind wir erst untergebracht, so läßt es nach, freilich mit *vivat sequens*, denn der 24. ist dann dicht

Gerhart Hauptmann (1862–1946). Gemälde von Max Liebermann, 1892.

vor der Thür und *Dagmar ante portas*. [Damit ist die Hochzeit des Forstassessors Lothar Tillgner, des Bruders von Frau Friedlaender, mit Dagmar von Hahn gemeint.]

Gleichzeitig mit diesen Zeilen wird wohl ein dickes Manuskriptpaket bei Ihnen eintreffen, das ich freundlichst bis Sonnabend aufzubewahren bitte. [Es handelt sich um das unkorrigierte Manuskript des Romans „Effi Briest".]"

Wir freuen uns unendlich auf Natur und Stille, auf das allem Radau Entrücktsein. Früher war mir das Thema ‚Schmiedeberg oder Berlin' eine offne Frage, jetzt nicht mehr; so lange man noch strebt und hofft, hat die große Stadt mit ihrem Streben einen Reiz, jeder will das große Los des Lebens gewinnen, jeder hofft, die Brätzeln werden für ihn besonders gebacken, wenn man aber erst merkt, daß keiner über die Salz- und Kümmelbrätzel 'rauskommt, und mitunter aus welcher Hand genommen, dann verzehrt man sie lieber an einem Bergquell als an der Unterspree mit Leierkastenbegleitung."

Die Fontanes trafen wie vorgesehen am 21. Mai im Riesen-

Otto Erich Hartleben (1864–1905), Schriftsteller.

gebirge ein. Dort lag auch in den Tälern noch Schnee. Dann änderte sich jedoch das Wetter, und es wurde warm. Bald nach der Ankunft erhielt Fontane am Pfingstsonntag den Besuch von Gerhart Hauptmann, Otto Brahm und dem Dichter Otto Erich Hartleben. Gerhart Hauptmann hatte sich zu der Zeit schon zusammen mit seinem Brunder Carl in Schreiberhau im Riesengebirge niedergelassen.

Fontanes Bekanntschaft mit dem jungen schlesischen Dichter geht auf das Jahr 1889 zurück, kurz bevor er seine Tätigkeit als Theaterkritiker aufgab. Im September dieses Jahres hatte er vom Verlag Ackermann Hauptmanns erstes Drama „Vor Sonnenaufgang", ein sozialkritisches Stück, erhalten. Nach dem Lesen schrieb er sehr beeindruckt an den Verleger:

„Durch einen Zufall wurde auf meinem Riesenschreibtisch (ein altes Erbstück von einem längst verstorbenen Sammler) das G.-Hauptmann-Stück verpackt und verschoben, so daß ich es am Freitagabend erst wieder entdeckte. Ich machte mich gleich an die Lektüre, las an demselben Abend auch den 1. Akt und gestern (Sonnabend) den Rest. Ich war ganz benommen, und ich kann Ihnen nur gratulieren, etwas so Hervorragendes ediert zu haben. (...) Der Herr Verfasser ist an eine Aufgabe herangetreten, die er, was die wenigsten, die Berühmtheiten mit eingeschlossen, von sich sagen können, vollständig beherrscht, der er gewachsen war. Er kennt das, was er schildern wollte, und auf gleicher Höhe wie seine Beobachtungsgabe steht seine Kraft der Darstellung. (...) All dies erschöpft aber mein Lob noch keineswegs. Das Leben scharf beobachten und das Beobachtete kraftvoll darstellen, das können zwar nicht sehr viele, aber doch eine ganze Menge, was aber diese glücklichen Beobachter und Darsteller nicht können, das ist: ein Kunstwerk herstellen. (...) Ihr Dichter wird vielleicht ein Leben lang warten können, eh ihm – und noch dazu von einem auf Aussterbe-Etat stehenden alten Herrn – je wieder so viel und so unbedingt Anerkennung (was zu tadeln ist, verschwindet) gesagt werden wird. Denn nichts ist seltener als eine Kritik, die nicht mit der Linken wieder nimmt, was sie mit der Rechten gab. Gerhart Hauptmann kann im weiteren auf mich zählen, und ich will, wenn er es wünscht, sein Stück an Brahm empfehlen. Hilft es vielleicht oder wahrscheinlich auch nichts, so kommt es doch in einem tonangebenden Kreise ernsthaft zur Sprache."

Einige Tage später schrieb er, noch ganz von dem Gelesenen erfüllt, in einem Brief an Tochter Mete:

„Schon gestern abend wollte ich Dir einen kleinen Brief stiften, kam aber nicht dazu, weil ich anderweitig eine große Korrespondenz hatte; darunter ein Brief an einen Herrn Gerhart Hauptmann, der ein fabelhaftes Stück geschrieben hat: ‚Vor Sonnenaufgang', soziales Drama, fünf Akte. Ich war ganz benommen davon. Mama natürlich wieder in Angst, ich ginge zu weit, ich engagierte mich ungebührlich; Durchgänger, Hitzkopf, ‚Jüngling'. Nachdem nun aber gestern eine Karte von Brahm eingetroffen ist, der ganz meine Anschauungen teilt, hat sie sich einigermaßen beruhigt. Ich allein kann nie recht haben; es muß immer erst bestätigt werden; und wenn es durch Müller oder Schultze wäre. Dieser Hauptmann, ein wirklicher Hauptmann der schwarzen Realistenbande, welch letztere wirklich was von den Schillerschen Räubern hat und auch dafür angesehen wird, ist ein völlig entphraster Ibsen, mit anderen Worten ist das wirklich, was Ibsen bloß sein will, aber nicht kann, weil er in seinen neben der realistischen Tendenz herlaufenden Nebentendenzen – die freilich in den letzten Stücken zur Haupttendenz geworden sind – mehr oder weniger verrückt ist und in zugespitzter Entwicklung dieser Verrücktheit ins ganz Phrasenhafte verfällt. Nicht in die Phrasenhaftigkeit des Wortes, aber in die des Gefühls, der Anschauung. Von all diesem ist Hauptmann ganz frei; er gibt das Leben, wie es ist, in seinem vollen Graus, er tut nichts zu, aber er zieht auch nichts ab und erreicht dadurch eine kolossale Wirkung. Dabei (und das ist der Hauptwitz und der Hauptgrund meiner Bewunderung) spricht sich in dem, was dem Laien einfach als abgeschriebenes Leben erscheint, ein Maß von Kunst aus, wie's nicht größer gedacht werden kann. Denn fünffüßige Jamben, gerammt voll von Sentenzen, können zwar auch sehr schön sein, sind aber weitab davon, das Höchste in der Kunst zu repräsentieren. Im Gegensatz, es ist etwas verhältnismäßig Leichtes und läßt sich lernen. Höheren Wert aber hat nur das, was man persönlich rätselhaft empfangen hat und was kein anderer mit einem teilt."

Nach einem Monat, zehn Tage vor der Uraufführung, als sich seine ersten Eindrücke von Gerhart Hauptmanns Drama etwas gesetzt hatten, schrieb er an Friedrich Stephany:

„Und nun Gerhart Hauptmann, der neue Räuberhauptmann; neben dem Ibsen bloß ein Kadett ist. Ja, ich bin auch sehr von ihm eingenommen, werde mich aber sehr manierlich ausdrücken und allen Radau vermeiden, was ich auch tun kann, ja muß, weil ich durchaus nicht so stehe, daß ich wünschen könnte, die nächste Generation mit lauter Gerhart Hauptmannschen Schnapstragödien oder dem ähnlichen beglückt zu sehn. Es steckt nur in all diesen neuen Stücken was drin, was die alten nicht haben und was sie verhältnismäßig dürftig und oft tot erscheinen lässt. Der Realismus wird ganz falsch aufgefaßt, wenn man von ihm annimmt, er sei mit Häßlichkeit ein für allemal vermählt. Er wird erst ganz echt sein, wenn er sich umgekehrt mit der Schönheit vermählt und das nebenherlaufende Häßliche, das nun mal zum Leben gehört, verklärt hat. Wie und wodurch? das ist eine Sache zu finden; der beste Weg ist der des Humors. Übrigens haben wir in Shakespeare längst die Vollendung des Realismus. Er wird nur in seiner Größe nicht ausschließlich daraufhin angesehn."

Am 20. Oktober fand die Uraufführung des Dramas „Vor Sonnenaufgang" im Berliner Lessingtheater statt. Es handelte sich um eine Veranstaltung des Vereins „Freie Bühne". Fontane besprach das Drama und seine erste Aufführung begeistert in der Vossischen Zeitung. Er erkannte die Verheißung einer neuen realistischen Ära in der Kunst. Die Rezension erschien in zwei Teilen am 21. und am 22. Oktober. Es war die längste Theaterkritik, die Fontane jemals geschrieben hat. Zum Autor bemerkte er:

„Über Hauptmanns Drama wird noch viel gestritten (...) werden, aber über eines wird *nicht* gestritten werden können, über den Dichter selbst und über den Eindruck, den sein Erscheinen machte. Statt eines bärtigen, gebräunten, breitschultrigen Mannes mit Klapphut und Jägerschem Klapprock erschien ein schlank aufgeschossener junger blonder Herr, von untadligstem Rockschnitt und untadligsten Manieren."

Nachdem Fontane den zweiten Teil seiner Rezension abgesandt hatte, besorgte er sich die Abendzeitungen, um die anderen Kritiken zu lesen, die zum großen Teil ablehnend waren. An Friedrich Stephany schrieb er hierzu:

„Gestern abend, nachdem ich die zweite Hälfte meiner Kritik abgeliefert hatte, habe ich mir noch den Genuß gemacht, in einer Zeitungsbude die sämtlichen Abendzeitungen zu kaufen, um mich dann daheim in die Meinungen der Kollegenschaft zu vertiefen. Es war mir sehr genußreich. Mir steckt von dem ‚alten Berliner' (aus den dreißiger Jahren her) gerade noch genug im Gemüt, um mich über gute Witze, selbst wenn ich sie verwerfen muß, zu amüsieren, und so habe ich mich über Lindau und Landau [Kritiker] und über den Unbekannten im ‚Kleinen Journal' herzlich amüsiert; ja selbst über Frenzel [Kritiker], der wenn er wütend ist, mitunter auch einen sehr guten schneidigen Witz hat. Aber – und das ist der Grund, warum ich schreibe – alle diese Kritiken, die mit Ausnahme der Frenzelschen, gar keine Kritiken sind, sind so gewiß auf dem Holzwege, wie ich hier sitze und eine Feder mit breitem Spalt in der Hand halte. Das alles sind Schimpfereien und Ulkereien, als Ulke zum Teil sehr gut, aber, auf das Eigentlichste hin angesehn, oberflächlich und böswillig, entweder ohne jedes Kunstverständnis geschrieben oder unter Zurückdrängung aller besseren Einsicht. Es ist lächerlich, diesem jungen Kerl so mit der landläufigen Phrase, daß er auch ein bißchen Talent habe, abspeisen zu wollen. Das ist gar nichts. ‚Ein bißchen Talent' hat jeder. Das kann man von jedem dritten Menschen sagen. Hauptmann hat ein sehr großes, ein seltenes Talent. Vor allem aber, und das muß ich immer wieder betonen – und *darf* es betonen, weil ich von den Dingen, die hier in Frage kommen, wirklich mehr verstehe als die andern –, vor allem spricht sich in seinem Stück ein stupendes Maß von *Kunst* aus, von Urteil und Einsicht in alles, was zur Technik und zum Aufbau eines Dramas gehört. Möglich, daß er die blinde Henne war, die das Korn zufällig fand, aufpickte, möglich, aber nicht wahrscheinlich. Bezwingen Sie nach Möglichkeit Ihre persönliche Abneigung gegen die Richtung (Gefühle respektiere ich durchaus), aber lassen Sie mich als ‚alten Kopp' die festeste Überzeugung aussprechen, daß hinter einem Mann, der so was schreiben kann, mehr steckt als hinter der andern Blase, die alle bloß nach der ‚Tantiéme' schielen."

Fontane hatte dem jungen Gerhart Hauptmann, dessen „seltenes Talent" er erkannt hatte, nicht zuletzt durch seine Besprechung der ersten Bühnenaufführung zum Durchbruch verholfen. Er blieb ihm auch später zugetan, wenn er sich auch von weiteren Bühnenstücken, z. B. der „Versunkenen Glocke" oder „Einsame Menschen", die ihm gewidmet waren, nicht mehr so überzeugt zeigte.

Zurück zu Fontanes Aufenthalt im Riesengebirge während des Sommers 1892. Der Urlaub in der Villa Gottschalk brachte ihm nicht die erhoffte Besserung, im Gegenteil, sein Zustand verschlechterte sich noch. Am 23. Mai hatte er an Carl Robert Lessing, einen Großneffen von Gotthold Ephraim Lessing und Haupteigentümer der Vossischen Zeitung, geschrieben:

„Vorgestern bin ich mit Frau und Tochter hier eingetroffen, um nach fast vierteljähriger Krankheit Genesung und Kraft zur Arbeit an meiner alten schlesischen Heilstätte zu suchen. ‚Andere Luft' war der herkömmliche Doktorrat. Aber die Luft allein kann es nicht. Ruhe, auch innerliche, ist gleichermaßen nötig. Wir wohnen hier in nächster Nähe von Buchwald und Fischbach. Alles sehr schön, sehr still, sehr erquicklich, auch hohenzollerngeschichtlicher Grund und Boden. Aber die Tage, wo mich dergleichen mit einem kleinen Enthusiasmus erfüllte, liegen zurück, und tiefe Müdigkeit ist an Stelle davon getreten. Ob ich noch einmal von dieser Müdigkeit loskomme? Mit zweiundsiebzig sind die Chancen gering. Und so richte ich mich denn an einem altwürttembergischen Wahlspruch auf, dem ich vor einiger Zeit begegnete:

‚Sorg, aber sorge nicht zu viel.
Es kommt doch, wie's Gott haben will.'"

Am 10. Juni schrieb Fontane an Friedlaender, er sei so elend gewesen, dass er bei einem Besuch nicht mit ihm habe sprechen können. In einem weiteren Brief an Carl Robert Lessing vom 15. Juni teilte er – wieder einmal – seine Absicht mit, Berlin zu verlassen und nach Schmiedeberg überzusiedeln. Während ihn früher seine festen Einkünfte als Theaterkritiker in Berlin von dem Vorhaben abgehalten hatten, sprach die finanzielle Situation jetzt eher für eine Übersiedlung, aber sein Gesundheitszustand erlaubte die Verwirklichung nicht.

„Ehe es in den Zeitungen steht (das ‚Hirschberger Tageblatt' hat schon begonnen), erscheint es mir Pflicht, Sie, hochgeehrter Herr, wissen zu lassen, daß wir uns entschlossen haben, Berlin aufzugeben und uns nach Schmiedeberg für den Rest unserer Tage zurückzuziehn. Ich habe keine Freude mehr an dem großstädtischen Leben; aber wenn es auch anders läge, die Verhältnisse ließen mir keine Wahl. Seit meiner letzten Krankheit bin ich eine ganz gebrochene Kraft, zur Zeit kaum fähig, ein paar Briefzeilen zu schreiben, und so schrumpfen denn meine Einnahmen auf weniger als die Hälfte zusammen. Damit in Schmiedeberg zu leben wird gehen. In Berlin wäre es unmöglich, und so waren wir eines langen Schwankens überhoben. Einige Freunde drücken mir freilich ihr Entsetzen aus, davon ausgehend, daß ich ohne den Anblick einer Prinzessinnenkutsche nicht leben könne. Ganz gefehlt. In Wahrheit liegt mir nur noch an Ruhe. Finde ich *die,* so bin ich geborgen.

Wenn nicht, weil durch Krankheit gequält, so kann auch Berlin mit Matkowsky und der dell Era nicht helfen." [Adalbert Matkowsky war Schauspieler, die dell Era Primaballerina in Berlin.]

Als Fontanes Zustand immer bedenklicher wurde und sowohl der behandelnde Arzt als auch die Familie die Unterbringung in einer Nervenheilanstalt befürchten musste, reiste er in Begleitung von Tochter Mete nach Breslau, um dort einen Spezialisten zu konsultieren. Professor Hirt diagnostizierte, wohl hauptsächlich durch eine Untersuchung des Augenhintergrundes, eine mangelhafte Gehirndurchblutung und versuchte mit einer nicht näher definierten elektrischen Therapie erfolglos eine Linderung der Beschwerden zu erreichen.

Am 21. Juli schrieb Emilie an Sohn Friedel:

„Es ist nicht zu beschreiben, wie schwer es ist, mit dem armen Kranken zu leben, die Tage sowohl wie die Nächte. Wir erwarten den Arzt, der immer dringender von einer Nervenheilanstalt spricht. Papa, der erst damit einverstanden schien, zeigt jetzt ein rechtes Grauen, so daß ich nur in äußerster Not meine Einwilligung dazu geben würde. (...) Diesen klaren, verständigen Mann so zu sehen ist herzzerreißend."

Während der ganzen Zeit in der Villa Gottschalk hat Anna Fischer aus Cunnersdorf bei Hirschberg, das Hausmädchen der Fontanes, das sie 1890 von der Brotbaude aus nach Berlin mitgenommen hatten, den Kranken aufopferungsvoll gepflegt. Sie blieb übrigens auch nach Fontanes Tod bei Emilie.

Tochter Martha war Mitte August nach Pommern gereist. Ihre Eltern brachen den Aufenthalt im Riesengebirge am 13. September vorzeitig ab und kehrten nach Berlin zurück. So war der letzte Urlaub Fontanes in den vertrauten Bergen von schwerer Erkrankung überschattet. Aus heutiger medizinischer Sicht litt er außer an den Durchblutungsstörungen wohl an einer endogenen Depression. Aus seinen Briefen und Tagebuchaufzeichnungen sind auch für frühere Lebensabschnitte deutlich depressive Phasen zu erkennen.

In Berlin erhielt Fontane unterschiedliche ärztliche Ratschläge. Der ihm bekannte Journalist und Arzt Dr. Max Nordau schlug heiße Bäder mit Kopfkühlung vor, hielt nichts von der elektrischen Behandlung und forderte eine Umstellung der Ernährung: Kalb- und Geflügelfleisch und Hühnerbrühe an Stelle des bisher empfohlenen Rotweins. Dr. Delhaes, der mehrjährige Hausarzt der Familie, setzte die elektrische Behandlung fort. Darüber hinaus versuchte er mit Erfolg, Fontane psychisch zu helfen. Heute würde man sagen, er wandte Methoden der psychosomatischen Medizin an. Zunächst befreite er seinen Patienten von der Zwangsvorstellung, er werde genauso wie sein Vater mit 72 Jahren – so alt war er gerade – sterben. Als er hörte, dass Fontane mit seinem Roman „Effi Briest" nicht weiter kam, riet er ihm, diese Arbeit beiseite zu legen und etwas ganz anderes zu schreiben, z. B. seine Lebenserinnerungen. Fontane folgte diesem Rat und begann mit der Niederschrift von „Meine Kinderjahre". Später folgten dann noch die autobiographischen Aufzeichnungen „Von Zwanzig bis Dreißig". So sind diese Werke im Grunde dem Ratschlag von Dr. Delhaes zu verdanken.

Fontane genas dabei, gewann seinen Lebensmut wieder und konnte auch bald „Effi Briest" vollenden. Die deutliche Besserung seines Befindens ist auch in den Briefen, die er Friedlaender schrieb, zu bemerken. Sie wurden länger und zuversichtlicher. Nach dieser Erkrankung hat der Dichter noch sechs Jahre gelebt. Er konnte wichtige Werke vollenden, außer den bereits genannten „Frau Jenny Treibel", „Von, vor und nach der Reise" und „Die Poggenpuhls". Neu entstanden „Der Stechlin" und „Mathilde Möhring". In den Jahren bis zu seinem Tode verbrachte Fontane den Urlaub regelmäßig in Karlsbad und zusätzlich in Waren und Neubrandenburg in Mecklenburg und im Weißen Hirsch bei Dresden. Das Riesengebirge, dem er so manches Mal Ruhe und Erholung verdankte, hat er nicht mehr wieder gesehen.

V. Nachwirkungen der Aufenthalte im Riesengebirge

1. Weitere Werke Fontanes, die im Riesengebirge spielen

Neben dem Roman „Quitt" gibt es noch weitere Werke des Dichters, die das Riesengebirge zum Schauplatz haben. 1894 war Fontanes Erzählungsband „Von, vor und nach der Reise" im Verlag seines Sohnes erschienen. Fünf von insgesamt 13 Erzählungen spielen im Riesengebirge. Von einigen war schon kurz die Rede. Fontane vermerkte in seinem Tagebuch für das Jahr 1894:

„Etwa Anfang Mai erscheint mein Sammelband kleiner Erzählungen unter dem Titel: ‚Von, vor und nach der Reise'. Kein Mensch kümmert sich darum, doch wohl noch weniger als recht und billig. Natürlich sind solche Geschichten nicht angetan, hunderttausend Herzen oder auch nur eintausend im Fluge zu erobern, man kann nicht danach laufen und rennen, als ob ein Extrablatt mit vielfachem Mord ausgerufen würde, aber es müßte doch ein paar Menschen geben, die hervorhöben, ‚ja, wenn das auch nicht sehr interessant ist, so ist es doch fein und gut; man hat es mit einem Manne zu tun, der sein Metier versteht, und die Sauberkeit der Arbeit zu sehn, ist ein kleines künstlerisches Vergnügen.' Aber – eine sehr liebenswürdige Plauderei meines Freundes Schlenther abgerechnet – habe ich nur das fürchterliche Blech, das sich ‚Kritik' nennt, zu sehen gekriegt. Diese Sorte Kritik macht zwischen einem solchen Buch und einem Buche von Kohut oder Lindenberg [zeitgenössische Schriftsteller] nicht den geringsten Unterschied, von Respekt vor Talent und ernster Arbeit ist keine Rede, das eine ist nichts und das andre ist nichts. Das ist nun freilich richtig, ‚vorm Richterstuhl der

Ewigkeit' ist kein Unterschied zwischen Lindenberg und mir, jeder ist Sandkorn, aber mit dieser Ewigkeitselle darf man in der Zeitlichkeit nicht messen und die, die's tun, sind bloß Lodderleute, die zwölf Bücher (alle ungelesen) an einem Abend besprechen."

Das kleine Werk wurde dann aber doch noch lobend besprochen, und zwar in der Zeitschrift „Deutsche Dichtung" am 15. April 1894. Die Anregungen zu den Erzählungen aus dem Riesengebirge stammen überwiegend von Georg Friedlaender. In die Erzählung „Der alte Wilhelm" sind, wie schon erwähnt, Erinnerungen aus Fontanes Aufenthalt im Haus Meergans in Krummhübel während des Sommers 1887 eingeflossen. Sie ist 1892 entstanden und handelt von einem Krummhübeler Dorforiginal. Ein würdiger alter Mann, von dem niemand genau weiß, woher er stammt und wer er früher war, leistet den Dorfbewohnern kleine Dienste und ist überall gern gesehen, wenn er mit seiner zu einem Bündel verschnürten Habe heute hier und morgen da auftaucht. Diese Erzählung ist vor der Aufnahme in die Buchausgabe 1893 in der „Deutschen Rundschau" erschienen.

Im Jahr 1888 entstanden und auch bereits im gleichen Jahr in der Vossischen Zeitung vorveröffentlicht, ist die in Krummhübel spielenden Erzählung „Der letzte Laborant". Als sich im Dreißigjährigen Krieg in Krummhübel ein protestantischer Apotheker niederließ, begann im Dorf das Zeitalter der Laboranten. Der Apotheker suchte in den Bergen nach heilkräftigen Kräutern, aus denen er Arzneien zubereitete. Es kamen andere, häufig auch Laien, die seinem Beispiel folgten. Da sie die Weiterverarbeitung der gesuchten Kräuter in ihren Laboratorien vornahmen, hießen sie „Laboranten", und unter diesem Namen wurden sie bekannt. Zuerst hatten sie Destillate und Extrakte gewonnen, später verwendete man die Kräuter auch zur Herstellung von Likören. Der Vertrieb der Erzeugnisse auf den Märkten ging weit über Krummhübel hinaus. Bei dieser Entwicklung haben sicher auch die Lehren des Paracelsus eine Rolle gespielt.

Der letzte Krummhübeler Laborant hieß Ernst August Zölfel. Er lebte von 1811 bis 1884. Fontane hat ihn nur noch flüchtig gekannt. Bei seiner Witwe ist er aber häufig eingekehrt, um sich mit ihr zu unterhalten und das Haus zu durchstöbern, was für ihn als gelernten Apotheker besonders interessant war. Er sah die Räume, die auch in der Erzählung genannt werden, die Tinkturen-Kammer mit dicht besetzten Regalen, den Kräuterboden, auf dem Enzian, Fingerhut und Arnika zum Trocknen ausgebreitet lagen und ganze Säcke mit Isländisch Moos standen, und das Laboratorium mit Flaschen, Glaskolben und Kupferblase. Fontane fertigte auch eine Skizze des Zölfelschen Besitzes in seinem Notizbuch an. Eine Charakterisierung des letzten Laboranten verdankte er, wie schon erwähnt, Georg Friedlaender. In seinem Roman „Quitt" hat er Zölfel unter seinem richtigen Namen eingeführt, in der Erzählung heißt er Josef Hieronymus Hampel, wobei Hampel ein im Riesengebirge sehr verbreiteter Name war. Krummhübel nennt er in der Erzählung „Langhübel", und für „Agathendorf" hat Arnsdorf Modell gestanden. Das zölfelsche Haus im mittleren Dorf, das lange Jahre als Laborantenmuseum diente, existiert heute nicht mehr.

Die Erzählung „Eine Nacht auf der Koppe" entstand 1893. Zusammen mit den Erzählungen „Der alte Wilhelm", „Gerettet" und „Wieder daheim" wurde sie unter dem Sammeltitel „Aus dem Riesengebirge. Kleine Geschichten" im Herbst 1893 in der Zeitschrift „Deutsche Rundschau" vorveröffentlicht. Den Stoff verdankte Fontane wiederum Georg Friedlaender, der seinem Freund vom Tode des Koppenwirts berichtet hatte. Friedrich Pohl, der Besitzer sowohl der preußischen als auch der böhmischen Baude auf dem Gipfel der Schneekoppe, ist schwer erkrankt und stirbt in seiner Kammer mitten in der Hochsaison 1890. Unter der Kammer geht im Schankraum der Trubel mit Zitherspiel, Gesang und reichlichem Alkoholgenuss weiter. Nun soll der Verstorbene, ohne dass die Gäste etwas merken, zu Tal gebracht werden. So hatte er es in seinem letzten Willen festgelegt. Während man sich unten in der Baude zu einer Polonaise versammelt, wird der Tote auf eine Bahre gelegt, die man mit so viel Tannengrün abdeckt, wie in der steinigen Einöde aufzutreiben war. Vier Krummhübeler Bergführer tragen die Bahre ins Tal, während vier weitere mit Fackeln leuchten.

„Gerettet“ ist eine Erzählung, zu der die Anregung ebenfalls von Friedlaender kam. Entstanden ist sie 1893, wenn auch der Stoff wie bei anderen Erzählungen Fontanes schon länger bekannt war. Die Geschichte handelt vom Unfall eines Waldarbeiters aus Brückenberg. Im Krankenhaus in Arnsdorf (in der Erzählung Agnetendorf) wird er geheilt. Auch in dieser Geschichte spielen die Laboranten eine Rolle.

Die letzte Erzählung aus dem Jahr 1892 „Professor Lezius oder Wieder daheim“ berichtet von der Heimkehr eines Gymnasialprofessors, der zum Botanisieren im Riesengebirge war, nach Berlin. Eine direkte Anregung zu dieser Geschichte ist nicht bekannt, Fontane ist aber Angehörigen dieses Berufsstandes während seiner Aufenthalte im Riesengebirge häufig begegnet.

Außer den angeführten Erzählungen gibt es noch einen sogenannten kleinen Roman, der in Berlin, aber teilweise auch in Thorn und im Riesengebirge spielt. Es handelt sich um „Die Poggenpuhls“, der letzte kleine Roman, der noch zu Lebzeiten Fontanes erschien. Entstanden ist diese Geschichte einer adligen preußischen Familie zwischen 1890 und 1894. Vorab wurde der Roman von Oktober 1895 bis März 1896 in „Vom Fels zum Meer“, einer „Illustrierten Zeitschrift für das deutsche Haus“, veröffentlicht. Die Buchausgabe folgte 1896. Als Schauplätze im Riesengebirge hat Fontane Adamsdorf gewählt, für das wohl Grüssau mit seinem Kloster Vorbild war, ferner die Heinrichsbaude, die der Prinz-Heinrich-Baude entspricht. Hirschberg, Schmiedeberg, die Kirche Wang, Hermsdorf, Schreiberhau, der Mittagstein und die Schneegruben werden im Roman genannt. Die Handlung im Riesengebirge hat der Dichter in den Winter gelegt, also eine Jahreszeit, die er aus eigener Erfahrung im Gebirge nicht kannte. Zweifellos hat er aber Informationen dazu von Friedlaender erhalten, der ihm sicher manches erzählt hat und auch einige Artikel über den Riesengebirgswinter in der Vossischen Zeitung veröffentlichte. Fontane beschrieb im Roman sogar eine Hörnerschlittenfahrt, die zu einem Unfall führte, sicher auch ein Wissen, das von Friedlaender stammte. Bemerkenswert ist noch, dass Fontane seinen Schmiedeberger Freund in diesem Roman auftreten ließ.

2. Der weitere Briefwechsel mit Georg Friedlaender

Der Briefwechsel zwischen Fontane und seinem Briefpartner im Riesengebirge endete erst mit dem Tod des Dichters im Jahr 1898. Sein letzter Brief an Friedlaender ist am 29. August 1898, drei Wochen vor seinem Tod, in Karlsbad geschrieben. Durch die Korrespondenz ließ er sich weiter auf dem Laufenden halten zu wichtigen Vorkommnissen im Riesengebirge, aber auch über den Klatsch im Hirschberger Tal. So musste er auch erfahren, dass die Ehe seiner Arnsdorfer Bekannten Heinrich und Marie Richter endgültig auseinander ging. Auf Friedlaenders Anfrage zu etwaigen Sommerplänen antwortete Fontane am 10. April 1893:

„Sie fragen freundlich an wegen etwaiger Sommerpläne. Nach Schlesien möchten wir nicht wieder, wiewohl meine Vorliebe für diese Provinz, trotz der traurigen Wochen, die ich da verleben mußte, nach wie vor dieselbe ist. Es geht aber nicht; ich bin dagegen und meine Damen noch viel mehr. Haus Friedlaender entdeckt aber vielleicht anderswo einen Punkt, wo man sich treffen und freundschaftlich ein paar Wochen zusammen leben könnte."

Am 3. Oktober des gleichen Jahres äußerte er sich sehr positiv zum Riesengebirge, als ihm Friedlaender von einer Tour berichtet hatte:

„Ich freue mich außerordentlich, daß Sie diese Partien ins Gebirge machen und in so sympathischer Gesellschaft, was immer die Hauptsache bleibt. (...) Der Mensch bleibt immer die Hauptsache, aber hat man *den*, so ist das, was Ihnen die Nähe des Gebirges bietet, eine nicht zu überschätzende Zugabe. Solche Partie wie die jetzt von Ihnen und Ihrem liebenswürdigen ‚Protokollführer' [der bei Friedlaender tätige Referendar Trentin] (dem ich mich zu empfehlen bitte) nach dem Krokonosch [Kamm im böhmischen Riesengebirge] etc. gemachte, können Sie hier nicht machen, auch wenn Sie dieselbe Reisebegleitschaft haben. Die Natur ist das Zweite; aber ist das Erste da, so folgt sie diesem Ersten sehr dicht auf dem Fuß. Bei sonst gleichen Verhältnissen kann ich in Grünau oder Schmöckwitz [Dörfer im Oberspreegebiet südöstlich von Berlin] nicht in derselben gehobenen Verfassung sein, wie wenn ich von der Rennerbaude aus nach Sankt Peter und Spindelmühl [alle im böhmischen Riesengebirge] hinuntersteige. In Schmöckwitz ist auch der schönste Apfel vom Berliner Wurm angestochen."

Auch am 19. 3. 1895 lehnte Fontane nach einer erneute Anfrage Friedlaenders einen Urlaub im Riesengebirge ab:

„Sie fragen freundlich an, wie's für den Sommer mit einem Ausflug ins Gebirge stehe. Aber offen gestanden, so sehr wir an dem theuren Haus Friedlaender hängen, die Lust nach der Brotbaude (diese würden wir doch wählen) ist nur gering. Einmal wirkt doch der furchtbare Sommer 92 noch nach und wenn's auch anders wäre, Einsamkeit, Naturschwärmerei und schlechte Betten haben allen Zauber für mich verloren."

Dann lässt Fontane alle Widrigkeiten folgen, die ihm Aufenthalte im Riesengebirge verdorben haben.

Der Gedankenaustausch zwischen den beiden Briefpartnern beschränkte sich nicht auf das Riesengebirge. Fontane äußerte sich häufig und ausführlich und meist auch sehr kritisch zur Politik, zur Zeitgeschichte, zu seinem zwiespältigen Verhältnis zum preußischen Adel – eines seiner Lieblingsthemen –, zu Kunst und Literatur. Es ist das große Verdienst von Friedlaenders Tochter Elisabeth, dass sie bei der Vertreibung aus ihrer schlesischen Heimat im Jahr 1950 alle Fontane-Briefe, die ihren Vater erreicht hatten, in ihrem Gepäck mit sich führte und rettete. Sie übergab sie dem Göttinger Germanisten Prof. Dr. Kurt Schreinert, der die Briefe mit einem ausführlichen Kommentar und Erläuterungen 1954 herausgab. Elisabeth Friedlaender erlebte das nicht mehr. Zuvor waren nur etwa 10 % dieser Briefe in Form teilweise fehlerhafter und gekürzter Abschriften durch Emilie Fontane vorhanden. Die Gegenbriefe Friedlaenders an Fontane gibt es leider nicht mehr. Nach dem Tode ihres Mannes hat sie Emilie Fontane vernichtet. Sie spiegeln sich aber in den Briefen Fontanes wider, sodass man sich von ihnen ein Bild machen kann. Die Briefe an Friedlaender wurden eine wichtige Quelle der Fontane-Forschung.

3. Noch einmal Fontane und Gerhart Hauptmann

Auch in seinen letzten Lebensjahren verfolgte Fontane die literarische Entwicklung von Gerhart Hauptmann mit großem Interesse. Im Jahr 1893 erlebte er die Uraufführung des Dramas „Die Weber" auf der „Freien Bühne" am 23. Februar und von „Hanneles Himmelfahrt" am 14. November im Königlichen Schauspielhaus. Während er „Die Weber" positiv beurteilte, hielt er „Hanneles Himmelfahrt" für total verfehlt, auch andere waren unzufrieden. Die einen bemängelten den naturalistischen Anfang, die anderen den symbolischen Schluss. Es kam dann zu einer langen Debatte zwischen Hauptmann und Fontane, der seine Meinung aber nicht änderte.

Bei der Uraufführung des Dramas „Die Weber" hatte es sich um eine geschlossene Veranstaltung der „Freien Bühne" gehandelt, die öffentliche Aufführung war zunächst verboten. Die stürmische, öffentliche Premiere, nach der Kaiser Wilhelm II. aus Protest seine Loge kündigte, folgte am 25. September 1894 im „Deutschen Theater". Fontane schrieb zu dieser Aufführung eine kurze Besprechung, seine letzte, für die durch Sohn Friedel herausgegebene, heute verschollene Pressekorrespondenz „Salon feuilleton", aber keine Zeitung druckte die Rezension.

Im folgenden Jahr 1895 äußerte sich Fontane wieder sehr zustimmend über Gerhart Hauptmann in einem Brief an Friedlaender. Bei ihm seien „Talent, Hochflug und Reichthum von Herz und Seele mit Bescheidenheit gepaart". Am 4. Januar 1896 sah er im Deutschen Theater „Florian Geyer", war aber mit dem Stück nicht zufrieden und äußerte sich in Briefen an Schlenther am 7. 1. 1896 und an Otto Brahm am 3. 3. 1896 ablehnend.

Seine letzte, wieder sehr positive Äußerung zu Gerhart Hauptmann, den er noch einmal mit Ibsen verglich, stammt aus seinem Todesjahr. Am 22. März 1898 schrieb er an Friedrich Stephany:

„Ibsen mag die größere Natur, die stärkere Persönlichkeit, das überlegene, bahnbrechende Genie sein, dichterisch steht mir Gerhart Hauptmann höher, weil er menschlicher, natürlicher, *wahrer* ist."

4. Die Beurteilung des Romans „Quitt" in den Jahrzehnten nach Fontanes Tod

In den ersten Jahrzehnten nach Fontanes Tod wurde der Roman „Quitt" zu seinen Kriminalgeschichten gezählt, zu denen auch „Grete Minde", „Ellernklipp" und „Unterm Birnbaum" gehören. Alle galten künstlerisch als zweitrangig, bei „Quitt" wurde besonders der zweite in Amerika spielende Teil noch schlechter beurteilt als der erste. Nach dem 2. Weltkrieg hat sich diese Beurteilung geändert. Der Fontane-Biograph Helmuth Nürnberger bezeichnete „Quitt" noch als künstlerisch misslungen, dies besonders auch im Hinblick auf den zweiten Teil. Er bemängelte, dass Fontanes Amerika, entnommen aus Missionsberichten, von Paul Lindau und Bret Harte, unwirklich erscheint. Hans-Heinrich Reuter aber, von dem auch die umfassendste Biographie Fontanes stammt, hat wohl als erster „Quitt" anders beurteilt, das Werk als bedeutenden Exilroman bezeichnet und auf seinen politischen und historischen Hintergrund hingewiesen.

In einer umfangreichen Studie zu mehreren Werken Fontanes kommt Hugo Aust zu der Auffassung, dass in „Quitt“ das moralische Problem von „Schuld und Sühne“ an Bedeutung verliert und vielmehr die Psychologie des Täters und die Determinierung seines Handelns im Vordergrund stehen. Er weist auch darauf hin, dass in „Quitt“ im Gegensatz zu anderen Romanen Fontanes die urbane Gesellschaft nur am Rande noch wichtig ist. Wie bei Fontanes Fragment „Die Likedeeler“, das vom Seeräuber Störtebecker und seinen Gefährten handelt, steht der Täter Menz im ersten und im zweiten Teil von „Quitt“ außerhalb der zivilisierten Gesellschaft. Lehnert Menz ist schon vor der Tat Europa-müde und strebt ins freie Amerika.

5. Fontane und die Schlesier

Wiederholt war die Rede davon, wie sich Fontane über die Schlesier äußerte, zumeist positiv, manchmal auch kritisch. Während seines Urlaubs im Riesengebirge war er ständig von Schlesiern umgeben. Aber er begegnete Angehörigen dieses Volksstammes auch in Berlin. Gerhart Hauptmann ist mehrfach genannt worden. Während seiner Zeit als Theaterkritiker hatte Fontane dienstlichen Kontakt zu dem aus Schlesien stammenden Hermann Kletke, der von 1867 bis 1880 Chefredakteur der Vossischen Zeitung und später Redakteur der Sonntagsbeilage dieser Zeitung war. Verschiedene Bekanntschaften mit Schlesiern gingen bis auf die Zeit von Fontanes Mitgliedschaft in den Künstlervereinigungen „Der Tunnel über der Spree“ und „Rütli“ zurück. Hier ist besonders die lebenslange Freundschaft mit dem aus Breslau stammenden Maler Adolph von Menzel zu nennen, der Tunnelmitglied war. Im „Tunnel“ war Fontane auch noch dem alten Eichendorff begegnet und hatte den früh verstorbenen schlesischen Balladendichter Moritz Graf Strachwitz kennen gelernt. Durch den „Rütli“ war er in Verbindung gekommen mit dem aus Breslau gebürtigen August von Heyden, Professor für Kostümkunde an der Berliner Kunstakademie. Im hohen Alter begegnete er in Karlsbad der großen Schauspielerin Agnes Sorma, die in Breslau geboren war.

In einigen literarischen Schöpfungen Fontanes, die nicht im Riesengebirge spielen, finden sich Bezüge zu Schlesien. „Cécile" ist bereits erwähnt worden. In „Effi Briest" werden der Herzog von Ratibor, der Breslauer Fürstbischof Kopp, die schlesischen Badeorte Salzbrunn und Reinerz und die Festungen Glatz und Cosel erwähnt. Eine Ballade Fontanes hat im Titel den Namen der schlesischen Stadt Ohlau: „Seydlitz und der Bürgermeister von Ohlau". Bad Salzbrunn war dem Dichter schon in seiner Jugend vertraut geworden. Als er 1853 mit einer schweren Lungenentzündung in das Berliner Krankenhaus Bethanien kam, musste er dort Salzbrunner Wasser trinken! 1872 sollte er dann das Bad, den Geburtsort von Gerhart Hauptmann, selbst kennen lernen.

Abschließend sei noch darauf hingewiesen, dass ein Roman Fontanes, nämlich „L'Adultera", im Breslauer Verlag S. Schottländer erschien. An dem von seinem Freund Bernhard von Lepel herausgegebenen Blatt „Argo Album" des Breslauer Verlages E. Trewendt hat er mit Balladen und Gedichten mitgewirkt.

Zu seinen Lebzeiten beklagte sich Fontane häufig darüber, besonders auch in seinen Briefen aus dem Riesengebirge, dass von seinem literarischen Schaffen zu wenig Notiz genommen werde. Nach seinem Tod hat sich das grundlegend geändert. Von den deutschsprachigen Dichtern seiner Zeit gehörte er im 20. Jahrhundert zu den meistgelesenen. Eine Reihe seiner literarischen Werke wurde verfilmt, einige sogar mehrfach. Zweimal ist es zu einer Fontane-Renaissance gekommen, einmal nach dem 2. Weltkrieg und dann erneut nach der Wiedervereinigung.

Fontane erlag am 20. September 1898 in seiner Berliner Wohnung einem Herzschlag. Er wurde am 24. September auf dem Friedhof der Französisch Reformierten Gemeinde in der Liesenstraße im Berliner Norden beigesetzt. Eine große Trauergemeinde hatte sich versammelt, und Karl Frenzel, ehemaliger Theaterkritiker der Nationalzeitung, hielt die Grabrede.

Im Riesengebirge veröffentlichte der Freund der Altersjahre, Dr. Georg Friedlaender aus Schmiedeberg, einen Nachruf. Er erschien am 1. November 1898 in der Zeitschrift des Riesengebirgs-Vereins „Der Wanderer im Riesengebirge".

Der Nachruf beginnt mit zwei Zeilen aus Fontanes Zieten-Ballade:

> „So war der Tod gekommen,
> Wie Zieten aus dem Busch –"

Es war ein sanfter Tod, wie er dem Wunsch des Dichters entsprach.

Friedlaender wies darauf hin, dass Fontane schon in den Sechzigern war, als er damit begann, längere Urlaubsperioden regelmäßig im Riesengebirge zu verbringen. Etwa gleichzeitig trat das Überraschende ein, dass der Dichter sich einer neuen Gattung von literarischem Schaffen zuwandte, seinen Altersromanen.

Friedlaender schilderte seinen Freund noch einmal als einen liebenswürdigen Menschen, dem Freundlichkeit und Güte zu eigen waren. Als ein Erbteil der französischen Herkunft sah er Fontanes Meisterschaft in der Unterhaltung. Das Riesengebirge habe Fontane, trotz der immer wieder humorvoll geschilderten Unbilden des Sommerfrischlers, die innere Ruhe gegeben, die er für sein Schaffen brauchte.

Der Nachruf schließt mit einigen Zeilen aus dem von Fontane selbst geschriebenen Nachruf für Dubslaw von Stechlin im kurz nach seinem Tode erschienenen Roman „Der Stechlin":

„Sein Leben lag aufgeschlagen da, nichts verbarg sich, weil es nichts zu verbergen brauchte. ... Für die, die sein Leben kannten, war er kein Alter, aber auch kein Neuer. ... Er war recht eigentlich frei. ... Er war das beste, was wir sein können, ein Mann und ein Kind."

Kurze Biographie Fontanes in Stichworten

1819	Am 30. 12. in Neuruppin geboren; Vater Louis Henry und Mutter Emilie geb. Labry sind hugenottischer Abstammung; der Vater besitzt in Neuruppin eine Apotheke
1827	Der Vater wechselt nach Swinemünde, wo er eine neue Apotheke kauft; Theodor verbringt dort Kinderjahre
1832	Gymnasium in Neuruppin
1833	Gewerbeschule in Berlin
1835	Erste Begegnung mit Emilie Rouanet-Kummer, der späteren Ehefrau
1836	Beginn einer Apothekerlehre in Berlin (Apotheker ist damals noch kein vollakademischer Beruf)
1839	Die Novelle „Geschwisterliebe" erscheint als erstes literarisches Werk
1840	Abschluss der Lehre
1840–1842	Apothekergehilfe in Burg bei Magdeburg, Leipzig und Dresden
1843	In der väterlichen Apotheke in Letschin
1844	Mitgliedschaft (bis 1865) im Literarischen Sonntagsverein „Tunnel über der Spree"
1844	Beginn des Militärdienstes als Einjährig-Freiwilliger. Während dieser Zeit vom 15. 5. bis 10. 6. erste England-Reise
1845	In Apotheken in Letschin und Berlin tätig Verlobung mit Emilie
1847–1848	Nach Apothekerexamen Approbation als „Apotheker erster Klasse"
1847	Tätig als Apotheker in Berliner Apotheke und am Krankenhaus Bethanien in Berlin
1848	Teilnahme an den Barrikaden-Kämpfen während der März-Unruhen in Berlin
1849	Aufgabe des Apotheker-Berufs zu Gunsten einer journalistischen und schriftstellerischen Tätigkeit
1850	Mitarbeiter am „Literarischen Kabinett", einem Kontrollorgan für die regierungsamtliche Presse 16. 10. Heirat mit Emilie
1851	Nach Auflösung des Literatur-Kabinetts Anstellung an der „Zentralstelle für Preßangelegenheiten"

1852	Geburt von Sohn George Zweite England-Reise für die Zentralstelle Ein zweiter Sohn stirbt 14 Tage nach der Geburt
1854	Der dritte Sohn stirbt ein halbes Jahr nach der Geburt
1855	Geburt des vierten Sohnes, der nach wenigen Tagen stirbt Fontane geht als Korrespondent im Auftrag der preußischen Regierung bis 1859 nach London
1856	Emilie mit Sohn George zu Besuch in London Geburt des Sohns Theodor
1857	Übersiedlung von Emilie mit George und Theodor nach London
1858	Schottland-Reise
1859	Rückkehr nach Berlin Beginn der märkischen Wanderungen
1860	Geburt der Tochter Martha Anstellung bei der Kreuz-Zeitung
1861	Der l. Teil der „Wanderungen" erscheint
1862	Vorarbeiten zum ersten Roman „Vor dem Sturm"
1863	Reise nach Swinemünde und Heringsdorf
1864	Der 2. Teil der Wanderungen wird herausgegeben Geburt von Sohn Friedrich Reise nach Schleswig-Holstein und nach Dänemark. (u. a. zum Kriegsschauplatz)
1865	Das Buch über den „Schleswig-Holsteinischen Krieg im Jahre 1864" wird veröffentlicht Reise an den Rhein und in die Schweiz
1866	Urlaub in Thale Reise zu den Schlachtfeldern des preußisch-österreichischen Krieges
1867	Der Vater Fontanes stirbt Sommerfrische in Thüringen
1868	Urlaub in Thale und in Erdmannsdorf Erneute Reise zu den Schlachtfeldern von 1866
1869	Urlaub in Hermsdorf unterm Kynast Tod der Mutter
1869–1870	Das Buch über den „Deutschen Krieg" erscheint
1870	Fontane gibt die Stellung bei der Kreuz-Zeitung auf Beginn der Tätigkeit als Theaterkritiker Reise nach Warnemünde Reise zum Kriegsschauplatz in Frankreich; in Domrémy verhaftet, bis Dezember in Gefangenschaft
1871	Erneut in Nordfrankreich

	Berichte über die Erlebnisse in Frankreich erscheinen
	Reise nach Dobbertin und Warnemünde
1872	Urlaub in Krummhübel
	Die Wohnung Potsdamer Str. 134c wird bezogen
1872–1874	3 Teilbände über den Krieg in Frankreich erscheinen
1874	Italienreise
1875	Reise in die Schweiz, nach Italien und Österreich
1876	Der 4. Teilband von „Der Krieg in Frankreich" erscheint
	5 Monate Tätigkeit als Erster Sekretär der Akademie der Künste
1877	Urlaub in Thale
1878	Der Roman „Vor dem Sturm" erscheint
	Urlaub in Wernigerode
1879	Urlaub in Wernigerode
1880	„Grete Minde" erscheint
	Reise an die Nordseeküste
	Urlaub in Wernigerode
1881	4. Teil der Wanderungen und „Ellernklipp" erscheinen
	Urlaub in Thale und Wernigerode
1882	„L'Adultera" und „Schach von Wuthenow" erscheinen
	Urlaub in Thale und auf Norderney
1883	Urlaub in Thale und auf Norderney
1884	„Graf Petöfy" erscheint
	Urlaub in Hankels Ablage bei Berlin, in Thale und Krummhübel, wo Fontane G. Friedlaender kennen lernt
	Reise nach Rügen
1885	„Unterm Birnbaum" erscheint
	Urlaub in Hankels Ablage und in Krummhübel
1886	Sohn George und Sohn Theodor heiraten
	Urlaub in Krummhübel
1887	„Cécile" erscheint
	Urlaub in Seebad Rüdersdorf und in Krummhübel
	Tod von Sohn George
1888	„Irrungen Wirrungen" und „Fünf Schlösser" erscheinen
	Urlaub auf der Brotbaude
	Sohn Friedrich gründet einen eigenen Verlag
1889	Urlaub in Bad Kissingen
	Reise nach Dobbertin und Ludwigslust
	Beendigung der Tätigkeit als Kritiker
1890	Im Januar offizielle Geburtstagsfeier
	„Stine" erscheint bei Friedrich Fontane
	Urlaub in Bad Kissingen und auf der Brotbaude
	„Quitt" erscheint bei Hertz

1891 „Unwiederbringlich“ erscheint
Urlaub in Wyk auf Föhr
Verleihung des Schillerpreises
1892 „Frau Jenny Treibel“ erscheint
Fontane ist schwer erkrankt
In dieser Zeit Urlaub in Zillerthal
1893 „Meine Kinderjahre“ erscheinen
Urlaub in Karlsbad
1894 Verleihung des Dr. h. c.
Urlaub in Karlsbad
1895 „Effi Briest“ erscheint bei Friedrich Fontane
Urlaub in Karlsbad
1896 „Die Poggenpuhls“ erscheinen
Urlaub in Karlsbad und in Waren
1897 Abschluss des „Stechlin“
Urlaub in Neubrandenburg und Karlsbad
1898 Verlobung von Tochter Martha
„Von Zwanzig bis Dreißig“ erscheint
Urlaub im „Weißen Hirsch“ und in Karlsbad
Am 20. September erliegt Fontane in seiner Wohnung einem Herzschlag; Beisetzung am 24. 9.
„Der Stechlin“ erscheint bei Friedrich Fontane

Literaturverzeichnis zum Thema dieses Buches

I. Romane und Erzählungen Theodor Fontanes

Das Gesamtwerk Theodor Fontanes wird zur Zeit in der auf 75 Bände angelegten „Großen Brandenburger Ausgabe", der die Manuskripte und Erstausgaben zugrunde liegen, erschlossen. „Quitt" ist bereits erschienen (s. u.); geplant ist auch eine Bibliographie.

Theodor Fontane, Romane und Erzählungen, Irrungen, Wirrungen – Stine – Quitt. Aufbau-Verlag, Berlin und Weimar 1998

Theodor Fontane, Die Poggenpuhls. Insel-Verlag, Frankfurt 1990

Theodor Fontane, Quitt, hg. v. Christina Brieger, Aufbau-Verlag, Berlin 1999 („Große Brandenburger Ausgabe")

Theodor Fontane, Von, vor und nach der Reise. Fontane-Bibliothek, Verlag Ullstein, Frankfurt/M. – Berlin 1986

II. Tagebücher und Briefe Theodor Fontanes

Theodor Fontane, Tagebücher 1866–1882, 1884–1898, „Große Brandenburger Ausgabe". Herausg. von Gotthard Erler unter Mitarbeit von Therese Erler, Aufbau-Verlag, Berlin 1995

Theodor Fontane, Fontanes Briefe. 2 Bde., ausgewählt und erläutert von G. Erler, Aufbau-Verlag, Berlin und Weimar 1968

Theodor Fontane, Von Dreißig bis Achtzig – Sein Leben in seinen Briefen. Herausgegeben von Hans-Heinrich Reuter, Nymphenburger Verlagshandlung, München 1970

Theodor Fontane, Briefe an Georg Friedlaender. Herausgegeben und erläutert von Kurt Schreinert, Quelle und Meyer, Heidelberg 1954

Theodor Fontane, Jenseits von Havel und Spree – Reisebriefe. Herausgegeben von Gotthard Erler, Rütten & Loening, Berlin 1991

Emilie und Theodor Fontane, Der Ehebriefwechsel (3 Bände, „Große Brandenburger Ausgabe"). Herausgegeben von Gotthard Erler, Aufbau-Verlag, Berlin 1998

III. Biographien

Otto Drude, Theodor Fontane, Insel Verlag, Frankfurt am Main und Leipzig 1994

Helmuth Nürnberger, Theodor Fontane, Rowohlt Taschenbuch Verlag, Reinbek bei Hamburg 1994

Hans-Heinrich Reuter, Fontane (2 Bände), Verlag der Nation, 2. Aufl., Berlin – Bayreuth – Zürich 1995

Herbert Roch, Fontane, Berlin und das 19. Jahrhundert, Droste Verlag, Düsseldorf 1985 (Nachdruck der Ausg. Berlin 1962)

Edda Ziegler, Gotthard Erler, Theodor Fontane – Lebensraum und Phantasiewelt – Eine Biographie, Aufbau-Verlag, Berlin 1996

IV. Artikel in Zeitschriften

Baer, Dr. Oswald, Fontane und das Riesengebirge (Rezension des Romans „Quitt"), in: Der Wanderer im Riesengebirge Nr. 80 (1890), 43

Dziallas, Paul, Marginalien zu Theodor Fontane und Schlesien, in: Schlesien XV (1970), 52

Friedlaender, Dr. Georg, Nachruf auf Th. Fontane, in: Der Wanderer im Riesengebirge Nr. 193 (1898), 161

Gravenhorst, Traud, Fontane schreibt an einen Schlesier, in: Schlesien X (1965), 97

Groeger, Karl, Fontane in Schlesien, in: Schlesien VII (1962), 226

Grundmann, Günther, Namen nehmen Gestalt an. Persönliche Erinnerungen zu Fontanes Briefwechsel mit Georg Friedlaender, in: Schlesien XII (1967), 203

Reitzig, Hans, Vor 70 Jahren. Theodor Fontane und Krummhübel, 13 Folgen, in: 's Heemteglöckla (Rundbriefe der Heimatgemeinschaften Krummhübel-Brückenberg und Buchwald-Quirl Nr. 38, 39, 42, 43, 44, 47, 48, 49, 50, 51, 52, 53, 59 [1954–1957]), Bielefeld

Reitzig, Hans, Theodor Fontanes ‚Quitt', in: Schlesien XV (1970), 214

Reitzig, Hans, Aus dreizehn Schußwunden verblutet, so fand man Wilhelm Frey. Die letzte Förstertragödie des Riesengebirges vor 120 Jahren. Kommentiert und ergänzt von Ulrich Junker, in: Schlesische Bergwacht Nr. 48/7 (1998), 331

Richter, Fritz K., Theodor Fontane und Schlesien; Theodor Fontanes schlesischer Roman ‚Quitt', in: Jahrbuch der Schlesischen Friedrich-Wilhelms-Universität zu Breslau XIX (1978), 177 und 188

Schindler, Karl, Weitere Beziehungen Theodor Fontanes zu Schlesien, in: Schlesien XIV (1969), 214
Stein, O. Th., Theodor Fontane im Riesengebirge, in: Der Wanderer im Riesengebirge Nr. 407 (1916), 167; Nr. 408 (1916), 77;
Nr. 409 (1916), 82; Nr. 410 (1916), 62
außerdem veröffentlicht in: Schlesien VI (1912/13), 157, 213
Wilkes, Dr. med. Johannes, Depression und Heilung, in: Deutsches Ärzteblatt 95 (1998), H. 38, S. 55
Wörffel, Dr. Udo, Theodor Fontane im Riesengebirge, in: Der Schlesier, v. 12. 5. 1995, Recklinghausen, 10–11

V. Sonstiges

Aust, Hugo, Theodor Fontane: Verklärung. Eine Untersuchung zum Ideengehalt seiner Werke; darin das Kapitel „Quitt"; Bouvier Verlag Herbert Grundmann, Bonn 1974
Gravenhorst, Traud, Schlesien, Bergstadtverlag Wilh.-Gottl. Korn, München 1952, S. 105
Heller, Gisela, Unterwegs mit Fontane von der Ostsee bis zur Donau, Nicolai, Berlin 1995
Rost, Wolfgang E., Örtlichkeit und Schauplatz in Fontanes Werken, Walter de Gruyter & Co., Berlin und Leipzig 1931
Schindler, Karl, Unbekannte Beziehungen Theodor Fontanes zur Grafschaft Glatz, in: Denk- und Merkwürdigkeiten der Grafschaft Glatz, Marx-Verlag Leimen/Heidelberg 1985

Ortsregister

Île d'Oléron. Französische Atlantik-Insel, auf der Fontane 1870 gefangen gehalten wurde; 48
Ilmenau. Stadt im Thüringer Wald; 136
Interlaken. Schweizer Kurort im Kanton Bern; 126
Josephinenhütte. Glashütte in Schreiberhau; 57
Karlsbad. Kurort in Nordböhmen; Fontane war von 1893 bis 1898 in jedem Sommer in Karlsbad; 61, 156, 161
Katzbach. Linker Nebenfluss der Oder; wurde bekannt durch die Schlacht an der Katzbach, in der die aus Preußen und Russen gebildete Schlesische Armee am 26. 8. 1813 unter Marschall Blücher die Franzosen endgültig aus Schlesien vertrieb; Fontane besuchte das Schlachtfeld 1872; 50, 51
Kavirondo. Landschaft in Britisch Ostafrika; 124
Kirche Wang. Norwegische Stabholzkirche aus Vang im Valdres; im 14. Jahrhundert erstmals erwähnt, wahrscheinlich aber aus dem 12. Jahrhundert stammend; wurde nach dem Abbruch im Auftrag von König Friedrich Wilhelm IV. gekauft und auf Anregung der Gräfin Reden aus Buchwald von 1842 bis 1844 in Brückenberg im Riesengebirge wieder aufgebaut; 32, 37, 38, 39, 47, 79, 90, 109, 114, 155
Kissingen, Bad. Kurort in Unterfranken; Fontane hielt sich dort 1889, 1890 und 1891 auf; 120, 122, 124, 134
Kleine Koppe. 1375 m ü. d. M., Gipfel nordwestlich der Schneekoppe, oberhalb von Wolfshau und Krummhübel; 16, 21, 70, 72, 80, 89, 103
Kleine Lomnitz. Gebirgsbach, der durch Wolfshau und Krummhübel fließt und dort in die Große Lomnitz mündet; 16, 74, 75
Kleiner Seifen. Durch Krummhübel fließender Gebirgsbach; 103
Kleiner Teich. Teich in 1183 m ü. d. M. im schlesischen Riesengebirge; Fläche 2,9 ha, Tiefe bis 6,5 m; ehemaliges Gletscherkar; Fontane suchte den Teich auf einer Wanderung 1890 auf; 16, 124, 125
Kleine Teichbaude. Baude am Kleinen Teich; als schlesisches Umgebindehaus mit Glockentürmchen erbaut; der mit Fontane bekannte Kommerzienrat Richter aus Arnsdorf erwarb 1887 die Baude einschließlich einer Wiesenfläche von 17 Morgen für 12 000 Mark; 18, 124, 127
Königgrätz. Nordböhmische Stadt; Ort der Entscheidungsschlacht im Preußisch-Österreichischen Krieg von 1866; Fontane besuchte Königgrätz 1866 und 1868; 43, 63
Kohlfurt. Bahnknotenpunkt in Niederschlesien; 20, 64
Koppenbauden. Auf der Schneekoppe gab es zur Zeit von Fontanes Aufenthalten im Riesengebirge die erstmals 1850 errichtete preußische Baude und die 1868 erbaute böhmische Baude, ferner die schon seit dem 17. Jahrhundert bestehende St.-Laurentius-Kapelle; die Wetterwarte wurde erst 1900 eingeweiht; 18, 39, 40, 56, 154

Koppenplan. Fast ebene Kammhochfläche in 1445 m ü. d. M., über die sich der Gipfel der Schneekoppe erhebt; 19, 103

Korkonosch oder *Krokonosch.* Kamm im böhmischen Riesengebirge; 157

Krummhübel. Wichtigster Luftkurort im östlichen schlesischen Riesengebirge; Fontane verbrachte den Urlaub in den Jahren 1872, 1884, 1885, 1886 und 1887 in Krummhübel; 7, 16, 20, 21, 22, 23, 24, 26, 41, 47ff, 52, 53ff, 63, 64ff, 72, 74, 76, 79, 90ff, 100ff, 110, 116, 117, 119, 122, 124, 138, 139, 153, 154

Kynast. Berg und Burgruine oberhalb von Hermsdorf; Fontane besuchte den Kynast 1868 und 1869; 36, 37, 45, 46

Landeshut. Kreisstadt am Ostrand des schlesischen Riesengebirges; 41

Lausitzer Gebirge. Ausläufer der Sudeten westlich der Lausitzer Neiße; 12

Lehne, Die. Bewaldeter Bergrücken in Oberkrummhübel; 103

Lichterfelde. Ortsteil von Berlin; der Fontane-Sohn George war Lehrer an der Kadettenanstelt in Lichterfelde; 108, 127

Liegnitz. Sitz eines Regierungspräsidiums und Kreisstadt in Niederschlesien; 9, 10, 60

Lomnitz, Große Lomnitz. Gebirgsbach, der durch Krummhübel fließt; er erhält seine Zuflüsse vom Kleinen und vom Großen Teich; die Lomnitz mündet unterhalb des Dorfes Lomnitz in den Bober; 16, 91

Mährische Pforte. Senke zwischen Sudeten und Karpaten (Beskiden); 12

Melzergrube. Ehemaliges Gletscherkar am oberen Ende des Melzergrundes; 16, 88

Melzergrund. Gebirgstal, das in Wolfshau beginnt und sich längs der Kleinen Lomnitz bergaufwärts erstreckt; 16, 49, 79, 88

Mittagstein. Einzeln stehende Felsgruppe auf dem Riesengebirgskamm; vom Tal aus gesehen steht im Sommer mittags die Sonne hinter dem Stein; 134, 155

Nachod. Stadt in Nordböhmen am Pass von Nachod, der in die Grafschaft Glatz führt; 1866 fanden hier Grenzgefechte im Preußisch-Österreichischen Krieg statt; Fontane besuchte Nachod 1868; 43

Nancy. Handels- und Kulturzentrum von Lothringen; 48

Nauen. Stadt in der Mark Brandenburg westlich von Berlin; 89

Neiße. Name von drei schlesischen Flüssen; 118

Neubrandenburg. Stadt in Mecklenburg; Fontane machte dort 1897 Urlaub; 151

Neuhof. Gut am Stadtrand von Liegnitz; Wohnsitz der Familie Treutler; 9, 47, 49, 64

Neuhof. Schloss an der Straße von Schmiedeberg nach Hohenwiese; im Besitz der Prinzen Reuß; Fontane war dort 1885 eingeladen; 82, 83

Norderney. Ostfriesische Insel; 54

Österreichische Grenzbauden. Bauden in 1050 m Höhe im böhmischen Riesengebirge; gehören zu Klein-Aupa; 134

Ohlau. Kreisstadt an der Oder und Ohle südöstlich von Breslau; 161

Oklahoma. Bundesstaat der USA; war zur Zeit Fontanes noch Indianer-Territorium; 77

Orléans. Stadt in Zentralfrankreich; 48

Petersdorf. Dorf im westlichen schlesischen Riesengebirge an der Straße von Hirschberg nach Schreiberhau; 13, 46, 138

Pfaffenberg. 628 m hoher Berg zwischen Krummhübel und Ober-Steinseiffen; 67, 79

Plaue. Ort in der Mark Brandenburg an der unteren Havel; 102

Potsdam. Stadt in der Mark Brandenburg; 54

Prinz-Heinrich-Baude. Liegt in 1410 m ü. d. M. auf dem schlesischen Riesengebirgskamm oberhalb des Großen Teiches; eröffnet 1889; Ziel Fontanes auf einer Wanderung 1890; nach Kriegsende 1945 abgebrannt; 125, 134, 135, 155

Prudelberg. 484 m hoher Aussichtsberg östlich von Stonsdorf; 46

Queis. Linker Nebenfluss des Bober; 118

Querseiffen. Westlicher Nachbarort von Krummhübel; 73, 75, 90

Rabenstein oder Rabenfelsen, im Roman „Quitt" Rabenklippen genannt; Felsen in Ober-Steinseiffen, am Eingang zum Eulengrund; zu Füßen des Felsens lag der Gasthof zum Rabenstein; 55, 79

Reinerz. Kurort in der Grafschaft Glatz; 161

Rennerbauden. Bauden im böhmischen Riesengebirge; 157

Riesenbaude. Böhmische Baude in 1394 m ü. d. M. am Fuß des Schneekoppengipfels; Ziel Fontanes auf Wanderungen; 39, 86, 106, 110, 134

Rigi-Kaltbad. Station an der Bergbahn zum Rigi-Bergstock am Vierwaldstätter See; 126

Rostock. Hafenstadt in Mecklenburg; 111

Rüdersdorf. Ort in der Mark Brandenburg östlich von Berlin mit Muschelkalkvorkommen und einem Kalksee, an dem sich Fontane öfter zur Erholung aufhielt („Seebad Rüdersdorf"); 9, 102, 103

Salzbrunn, Bad. Kurort im Waldenburger Bergland; Geburtsort von Gerhart Hauptmann; 10, 52, 161

Sanssouci. Von Friedrich dem Großen erbautes Schloss in Potsdam; 92

Schlingelbaude. 1067 m ü. d. M.; alte Baude aus dem 18. Jahrhundert, neue Baude 1894 erbaut (nach 1945 abgebrannt); auf Wande-

Personenregister

Abbildungsnachweis

Karte von Krummhübel und Umgebung, Verlag Meinhold & Söhne, Dresden: Vor- u. Hintersatz
Historisches Bildarchiv Handke: 6, 130, 143
Fotoarchiv Heinrich Trierenberg: 12
Dr. Udo Wörffel: 13 o., 15, 22, 29, 36, 38, 43, 49, 50, 54, 71, 75, 110, 124
Verlag Schulz & Oechsner, Krummhübel: 13 u.
Verlag Gerhard Rautenberg, Leer (Ostfriesland): 19, 28 u., 30, 44, 52, 62, 72, 73, 113, 125, 135
P. Regell, Das Riesen- und Isergebirge, Velhagen & Klasing, Bielefeld und Leipzig 1905: 40, 69
Privatbesitz: 48
Archiv Dr. Benvenuto Hauptmann: 59, 104, 132
Foto Anders, Pattensen: 65 o.
K. Schreinert (Hg.), Theodor Fontane, Briefe an Georg Friedlaender, Heidelberg 1954: 65 u., 86, 87
Christa Zischka, Brühl: 68
Herder-Institut Marburg: 82
O. Drude, Theodor Fontane, Frankfurt und Leipzig 1994: 92, 126
Theodor-Fontane-Archiv Potsdam: 99, 105
Schiller Nationalmuseum: 129
Die Anzeigen der Gasthöfe stammen aus dem Grieben Reiseführer, Bd. 18, Das Riesengebirge, Berlin 1901.

Inhalt

IV. Die letzten Aufenthalte Fontanes im Riesengebirge 1888, 1890 und 1892

V. Nachwirkungen der Aufenthalte im Riesengebirge

In gleicher Ausstattung ist erschienen:

Hans-Heinrich Reuter

Fontane

2 Bände, zus. 1107 S., über 100 Abb., Leinen

ISBN 3-373-00492-6

In seinem hier auf vielfaches Drängen neu aufgelegten Standardwerk verknüpft Hans-Heinrich Reuter kenntnisreich die Schilderung von Leben und Werk des wohl bedeutendsten deutschen Romanciers des 19. Jahrhunderts. Dabei gelingt ihm unter Heranziehung des umfangreichen Briefwechsels Fontanes beispielhaft die Verbindung der Detailgenauigkeit, Gründlichkeit und kritischen Wertung des Literaturwissenschaftlers hohen Ranges mit einer Form der Darstellung, die auch den „Normalleser" weder überfordert noch ermüdet, sondern ihm zu regelrecht spannender Lektüre verhilft. Der erste Band ist den ersten gut fünf Lebensjahrzehnten Fontanes gewidmet. Er setzt ein mit Herkunft und familiärem Umfeld, Kindheit und Jugend des Dichters, den ersten lyrischen Versuchen und dem Ausbruch aus dem Apothekerdasein und schließt mit den Jahren bis 1876, für die Fontane selbst die Bezeichnung Kritische Jahre – Kritikerjahre wählte und die in die endgültige Entscheidung für die Unabhängigkeit münden. Der zweite Band setzt mit dem Jahre 1876 ein, als der Dichter die Mitte der Fünfzig schon überschritten hat, umfasst jedoch auch seine fruchtbarste Schaffensperiode. Einem abschließenden Kapitel über die Wirkung und Wertung des Fontane'schen Werkes bis in unsere Zeit folgt ein umfangreicher Anhang mit Zeittafel, Anmerkungen, einem umfassenden Quellen- und Literaturverzeichnis und einem mehrteiligen Register zu Werken, Namen usw.

In gleicher Ausstattung ist erschienen:

Theodor Fontane

Wanderungen in England und Schottland

3. Aufl., Band I / II, 663 / 645 S.
mit Einleitung und Anmerkungen
des Fontane-Spezialisten Hans-Heinrich Reuter,
90 zeitgen. Illustrationen, Leinen
ISBN 3-373-00474-8

Diese zweibändige Edition ist die einzige geschlossene Ausgabe, die alle auf England und Schottland bezogenen Texte von Fontane, die bisher verstreut erschienen oder nur schwer greifbar waren, dem Leser vollständig zugänglich macht. Der Dichter war im Frühjahr 1844, im Sommer 1852, von September 1855 bis Januar 1859 in England und unternahm im Sommer 1858 eine Reise nach Schottland. Inspiriert von Land und Leuten, verfasste Fontane Reiseerzählungen, in denen er ebenso unterhaltsam wie informativ über die raue Geschichte Englands und Schottlands, über gesellschaftliche Ereignisse, über das Phänomen London, über Kunst und Kultur und vor allem über die überwältigende Schönheit der schottischen Landschaft plauderte. Die Ausgabe ist für alle Freunde des Dichters eine Offenbarung!

Verlag der Nation